KB110159

천년 같은 하루하루 지긋지긋하다

천년 같은 하루하루 지긋지긋하다

발행일	2023년 12월 27일

지은이	이순재		
펴낸이	손형국		
펴낸곳	(주)북랩		
편집인	선일영	편집	김은수, 배진용, 김부경, 김다빈
디자인	이현수, 김민하, 임진형, 안유경, 최성경	제작	박기성, 구성우, 이창영, 배상진
마케팅	김회란, 박진관		
출판등록	2004. 12. 1(제2012-000051호)		
주소	서울특별시 금천구 가산디지털 1로 168, 우림라이온스밸리 B동 B113~114호, C동 B101호		
홈페이지	www.book.co.kr		
전화번호	(02)2026-5777	팩스	(02)2026-5747

ISBN	979-11-93716-10-6 03810 (종이책) 979-11-93716-11-3 05810 (전자책)

(주)북랩 성공출판의 파트너

북랩 홈페이지와 패밀리 사이트에서 다양한 출판 솔루션을 만나 보세요!

홈페이지 book.co.kr • **블로그** blog.naver.com/essaybook • **출판문의** book@book.co.kr

작가 연락처 문의 ▶ ask.book.co.kr

작가 연락처는 개인정보이므로 북랩에서 알려드릴 수 없습니다.

이순재 소설

천년 같은
하루하루

지긋지긋하다

북랩

들어가는 말

소설의 주제를 잡는 데 약 2년의 시행착오를 겪었습니다. 주제가 잡힌 뒤에도 답답할 정도로 진도는 나가지 않았습니다. 글쓰기를 멈추고 잊어버리고 원점에서 다시 시작하길 수십 차례 반복해야 했습니다. 물론 이 소설이 완전하지 않고 허점이 많은 줄 압니다. 하지만 제게는 이만큼 쓴 것도 순전히 묵묵히 지켜봐 주신 주위 분들의 배려 덕분입니다. 이 소설로 조금이라도 흥미를 얻는 분들이 있기를 바랍니다.

천년 같은 하루하루 지긋지긋하다

우리들은 흔히들 12월 12일 하면 1979년 12월 12일 전두환 합동수사본부장이 이끄는 군내 사조직인 하나회 중심의 신군부 세력이 최규하 대통령의 재가 없이 당시 계엄사령관인 정승화 육군참모총장을 불법적으로 강제 연행하는 과정에서 발생한 군 내부의 무력 충돌을 이야기해 왔습니다. 하지만 시대가 40년 넘게 흐른 2020년 12월 12일의 대한민국에서는 군사 쿠데타는 희미해졌고, 또 다른 이슈인 성폭력 가해자 조두순 출소가 대한민국을 뒤덮어 버렸습니다. 이 이야기는 어떤 교도소에서 복역 중인 수용자들이 12월 12일 토요일 방에서 뉴스와 신문을 보다가 벌어지는 하루 동안의 이야기를 가상으로 꾸민 이야기입니다. 같은 방에서 생활하는 6명의 재소자는 교도소 방송통신대에 재학 중인 학생들이고, TV 뉴스나 신문 등과 방송통신대 자신의 교양 과목과 전공 과목에서 얻은 지식을 마치 자신의 의견이나 생각인 양 토론하면서 사회 부조리를 자신의 입장에서 말하는 하루 동안 벌어지는 일입니다.

숟가락은 인류가 생기고 문화가 만들어지면서 없어선 안 될 도구임에 틀림없을 것입니다. 죽이나 국, 수프처럼 액체로 된 모든 음식을 먹기 위해 꼭 필요한 숟가락은 사회와 격리된 어떤 이들에게는 다른 용도로 사용되기도 한다는 설정을 해 보았습니다.

먹고사는 일은 누구나 생각하는 일이라 여겨집니다. 먹고사는 일은 가난한 사람과 부자의 구별 경계가 없을 것입니다. 다만 무엇을 어떻게 얼마나 먹느냐는 문제인데, 요즘은 저가(低價) 음식을 먹으며 끼니를 걱정하고 고가(高價)음식을 먹지 못하는 사람을 가난하고 무능하다고 멸시하는 경향이 짙어져 보입니다. '가난 = 멸시 = 범죄자'라는 낙인은 어느새 우리 곁에 사실처럼 공공연해졌습니다.

아무리 열심히 노력해도 나아지지 않는 삶이 이들만의 문제도 아니고, 노력할 이유조차 잃게 만드는 사람들이 사회와의 나눔까지 거부하는 실태가 오히려 필자의 눈에는 가난해 보이기까지 합니다.

그럼 글을 읽는 순간만이라도 재밌는 시간이 되길 바랍니다.

2023년 12월
이순재

목차

새벽 1시 10분 매일 꾸는 꿈

경찰서 유치장에서 2주를 채우고 검찰로 송치되던 날, 포
승줄에 꽁꽁 묶여 경찰관의 개호(介護)를 받으며 검찰 조사
실을 향해 걸음을 걷고 있었다. 복도가 유난히 길게 느껴
졌다. 걸음은 무겁기만 했다. 머릿속은 하얗게 변한 지 오
래였다. 멀리 검찰 조사실에서 어떤 여자가 누군가에게 공
손하게 배웅을 받고 있다. 여자는 문밖에서 연신 고개를
끄덕이며 웃음 띤 얼굴로 만족을 표현하고 있었고 문 안쪽
의 누군가는 보이지 않는다. 아마도 검찰 조사관실 검사였

으리라….

복도를 걸어오는 여자가 포승줄에 꽁꽁 묶인 윤발을 똑바로 보면서 쌤통이라는 미소를 보인다. 윤발을 아는 사람처럼 보였다. 토끼띠인 윤발보다 다섯 살 정도 많아 보이니, 여자는 개띠 정도쯤 돼 보였다. 처음 보는 여자인데 왜? 어쩌면 저 여자가 피해자를 돕고 있다는 여성단체 관계자인지 모른다는 생각이 들었다. 그런데 왜? 윤발은 저 여자에게 아무런 짓도 하지 않았고 심지어 저 여자를 알지도 못하는데? 의문이 들었지만 물어볼 수는 없었다.

윤발은 이혼 후 젖먹이를 맡아 키우게 됐다. 젖먹이를 봐주시러 어머니가 함께해 주셨다. 윤발은 한동안 술만 마셔댔다. 형제자매들이 도와주려고 했지만, 형편이 여의치 않은 건 마찬가지라 마음뿐이었다. 정신과 육체를 가다듬고 취직해 보려 했지만, 가족등록부에 핏덩이 유아를 혼자 키우는 남자로 등재된 사람을 받아주려는 직장은 없었다. 야근도 해야 하고 출장도 다녀야 하는 데 어렵지 않겠냐는 질문과 함께였다. 윤발은 편견과 조롱 속에서 직장을 구했다. 하지만 어머니가 이상해지셨다. 가족이나 주변 사람들이 문

천년 같은 하루하루 지긋지긋하다

제가 있음을 알아차리기 시작했지만, 아직은 괜찮아 보이셨다. 치매임을 쉽게 알 수 있는 단계로 접어드셨고, 도움 없이는 혼자 지낼 수 없는 수준이 됐지만 다른 대안이 없었다. 평소 잘 알고 지내던 사람을 혼동하기 시작했지만, 가족은 알아보셨다. 익숙한 장소임에도 아이를 데리고 길을 자주 잃어버리고 배회해서 찾으러 다니는 일이 잦아졌다. 식사, 옷 입기, 세수하기, 대소변 가리기 등에서 완전히 다른 사람의 도움이 필요해지면서 윤발은 어렵게 얻은 직장을 스스로 그만두어야 했다.

가스가 끊기고 전기요금과 월세가 밀렸다. 술을 마시고 누워 있는 집에서는 반지하 특유의 축축하고 퀴퀴한 곰팡내가 맡아졌다. 새벽 인기척에 눈을 뜬 윤발은 집을 엉덩이 걸음으로 나서는 어머니와 뒤를 따르는 아이를 보았다. 숙성된 대소변 냄새가 났다. 도로에 인접한 반지하 방에 가로등 불빛이 거실 창문으로 스며들어와 싱크대에 반사되면서 이 모습을 여과 없이 비추고 있었다. 화가 치밀어 올랐다. 얼굴이 붉어지는 게 느껴졌다. 너무나 힘들다는 생각이 들었다. 나약하고 힘없는 내가 너무도 무능하다는 생각이 들었다.

큰방에 모셔다 놓은 어머니는 잠을 이루지 못하시는지 기침 소리가 간간이 들려왔다. 옆에 누운 아이는 잠이 들었는지 깨었는지 윤발에겐 숨소리조차도 들리지 않았다. 스산한 새벽바람만이 반지하 거실 창문을 두드렸다. 윤발이 누워 있는 작은방 미닫이 창문을 흔들어 놓고 어딘가를 찾아서 떠나가 버렸다. 윤발은 이불을 푹 뒤집어썼다. 이불 속에서도 바람의 음산한 소리가 귀에 들려왔다. 윤발은 좀 전 아이의 얼굴이 떠올랐다. 똘망똘망한 눈동자가 있어야 할 눈 속에는 슬픈 듯하면서 낭패한 듯한 눈빛이 윤발을 원망하고 있었다. 윤발은 엉망진창이 돼버린 모든 상황 때문에 크게 소리 내어 울고 싶었다. 이날, 가족 간의 신뢰가 깨져버렸다. 같은 집에 사는 가족도, 다른 집에 사는 가족과도…. 정규직 일자리는 단순 생산직이나 기능직도 찾을 수 없었다. 비정규직을 맴돌며 아무리 열심히 일해도 삶은 나아지지 않았다. 더럽고 위험한 일을 한다고 무시받으면서 비참한 생활이 이어졌다. 윤발은 또다시 술을 마셨고, 사소한 일에도 거친 언행을 하면서 나는 그래도 된다고 정당화했다. 지옥 같은 현실 생활을 잊으려 마시던 술이었는데 이제는 술이 윤발을 지옥으로 끌어들였다. 아무리 빠져나오려 발버둥 쳐도 스스로는 도저히 감당되지 않았다. 하지만 윤발이 가장 무섭게 느끼는 건 옆에 있던 누군가가 이제는 돌아올 수 없게 됐다는 것이었다. 목이 유난히 길고 아름다운 그녀는 하얀 피부에 좋은 향기가 났다. 긴 머리에 온화해 보이는 얼굴은 그녀를 고상하게까지 보이게 했다. 윤발은 자신의 목숨 정도는 그녀를 위해서라면 하찮게 느껴질 정도였다. 윤발은 이런 감정이 사랑이라고 생각했다. 내 가족이 되었던 사람, 윤발은 가족을 위해선 내 인생쯤은 어떻게 돼도 상관없다고 느꼈던 시절이 있었다. 어른이지만 철부지 시절엔….

저절로 눈이 떠졌다. 벌써 10년째 같은 꿈을 꾸고 있다. 교도소에 들어온 지 벌써 10년이 지났다. 등에서 식은땀이 느껴졌다. 목이 말랐지만 물을 찾지는 않았다. 멀리서 까마귀 우는 소리가 들렸다. 근처에 쓰레기 매립지가 있는지 밤에도 낮에도 까마귀 소리가 자주 들려왔다. 까마귀가 밤중에도 우는 줄은 이곳에서 울음소리를 듣고서야 알 수 있었다.

교도소 가로등 보안등 빛이 창문을 달빛처럼 비추고 있었다. 사각팬티와 긴팔 내복 차림으로 자리에서 일어나 이불 밖으로 나오자 다리에 차가운 공기가 느껴졌다. 윤발은 차가운 창문 유리에 이마를 기대어 밖을 내다보았다. 가로등 보안등 빛 아래서 눈발이 꽃잎처럼 휘날리고 있었다. 눈은 바닥에 쌓이지는 않았다. 수많은 가로등 보안등 빛 중에서 윤발이 볼 수 있는 보안등은 3개가 전부였다. 환한 불빛이 비치지 않는 곳은 오히려 불빛에 가려져 더 어둡게 느껴졌다. 윤발이 있는 옥사 건물과 가로등이 내리비치고 있는 보안청사 3층 건물 사이에는 폭이 대략 6미터 정도쯤 되는 잔디밭 길이 사람이 넘을 수 없는 높은 철조망에 막혀 있다. 마치 상류층 주택 마당 가운데에 있는 뜰인 중정(中庭)처럼 느껴졌다. 집안의 안채와 바깥채 사이를 잇는 뜰이 중정이라면 저 길은 틀림없이 중정이 맞았다.

새벽 1시, 2.5평 정도의 작은 방에는 싱크대와 화장실이 있고 개인 사물을 보관하고 TV가 들어 있는 홀당이 있다. 이곳은 6명의 수용자가 생활하고 있는 곳이다. 문 앞에서는 무기수 김 사장이 잠을 자는지 어쩐지 모르지만 누워서 뒤

천년 같은 하루하루 지긋지긋하다

척이고 있었고, 그 옆에는 금융기관 임원 출신 류 사장이, 또 그 옆에는 군인 출신 무기수 덕삼 씨가, 그 옆에는 임시 소지를 하고 있는 대호가, 또 그 옆에는 북한 이탈주민 동원 이 누워 있고 마지막엔 스테인리스 싱크대 옆에서 윤발이 잠에서 깨어나 이 모든 광경을 지켜보고 있다. 희미한 취침 등 아래에서 누군지 알 수 없는 코 고는 소리가 들리고 또 누군가의 한숨 소리가 들린다. 이렇게 잠들었다 깨는 사람들이 반복되면서 오늘 밤도 흘러간다.

이들은 교도소 방송통신대에 재학 중인 학생들이다. 김 사장은 대구교도소에서 독학사로 국문학을 전공했다고 했 으며 지금은 방송대 영문과 4학년에 다니고 있다. 성적이 우 수해서 전액 장학금을 한 번도 놓치지 않고 있다. 금융기관 임원 출신인 류 사장은 대학에서 전자공학을 전공했다며 지 금은 방송대 법학과 4학년에 재학 중이다. 군인 출신 무기 수 덕삼은 청송교도소에서 독학사로 경영학을 전공하고, 방 송대 법학과 3학년에 재학 중이다. 임시 소지를 하고 있는 대호는 대학에서 기계공학을 전공했으며 방송대에서는 중 문학과 2학년에 재학 중이다. 막내 동원은 고등학교 검정고

시 출신이고 중문학과 3학년에 재학 중이다. 그리고 끝자리에 누워 있는 윤발은 교도소에서 취득한 전기, 목공, 용접 등의 산업기사 3개를 소지하고 있으며 그 이상의 기능사 자격증을 보유하고 방송통신대학교 문화교양학과 3학년에 재학 중이다.

윤발은 이들을 통틀어 빵잡이라 부르는데 가끔 류 사장은 사람을 그렇게 깔보면 안 된다고 윤발을 나무라지만, 사실 이들은 빵잡이 축에는 들지 못한다. 빵잡이라는 말은 쉽게 말해서 교도소 수용자 이치에 빠꼼이 밝아서 자신이 원하는 방향으로 수용자나 교도관을 움직이게 만들어 자신이 원했던 걸 얻는 사람을 가리키는 용어인데 이들 중에는 그럴 만한 인물은 없어 보였다. 사회로 치자면 정치인이나 관료 같은 사람을 말하는 것이라는 생각이 들어서 윤발은 이들을 무시하고 조롱한다는 생각은 들지 않았다. 윤발 개인적 생각이지만 이들 역시 윤발의 의도를 알기에 싫다는 내색을 하지 않는다고 생각했다.

이들 모두는 교도소에 오기 전에 자신의 생업이 있었고 동원을 제외한다면 자신의 생업에서 최소 10년 이상 종사했던, 나름의 숙달가로 불렸던 사람들이었다. 윤발은 이들을 바라보며 이들도 틀림없이 말 못할 억울한 부분과 답답한 부분이 있을 텐데 하는 생각이 들었다. 무기징역, 10년 이상 또는 그에 가까운 징역형을 받으려면 경찰과 검찰의 리얼한 소설 속에 과장이 가미되지 않으면 쉽지 않은 일이라는 걸 알기 때문이었다. 하지만 이들은 한마디의 말도 하지 않는다. 자신의 변명이 날카로운 화살이 되어 되돌아오는 경험을 했으리라…. 많은 사람들은 사실인지 과장인지 진위 여부는 상관없이 그저 보이는 것에 휘둘리며 피해자를 돕는다고 가해자로 보이는 이를 처벌하려고 하지만 그게 사실일까, 그러면서 또 다른 억울한 피해자를 만들고 웃고 있지는 않을까 하는 생각이 든다. 이들은 피해자의 고통에 동감하는 척, 이해하는 척하면서 자신의 이익을 따져보았을 것이다.

윤발은 그 여자가 왜 자신을 보면서 미소를 보였을까 하는 의문이 사그라지지 않았다. 여성단체는 단체대로 자신의 이익에 따라서 합리화된 생각을 하게 되었을 것이다. 여성단체는 과연 열린 사회를 지향하는 사람들이 맞기는 했는지 하는 생각을 하게 된다. 여자라는 이유로 아주 오랫동안

당해온 억압을 국민의 대표를 뽑는 선거에서 표를 권력과 바꾸고 권력을 동원해 자신들이 주장하는 대로 사람을 탄압하는 건 아닐까 하는 의심이 들었다. 정말로 피해자가 원하는 바가 가해자가 수십 년간 비참하게 징역을 사는 것일까…. 혹시 이런 사고가 재발하지 않기를 바라는 마음으로 진정한 사과와 합당한 방지책은 아니었을까…. 하지만 윤발의 눈에 보이는 그들은 피해자와는 상관없이 그를 돕는다는 구실로 가해자를 징역형에 처하게 만들어 자신의 업적을 만들고 존재감을 나타내려는 것은 아닐까 하는 생각이 들었다.

뒤창 싱크대 옆에 누워 있는 윤발의 얼굴과 어깨 위에 12월의 차가운 공기가 내려앉는다. 날씨 탓에 한번 잠에서 깨어난 윤발은 쉽게 잠을 이루지 못하고 긴 한숨을 쉬면서 이런저런 잡념에 사로잡혀 뒤척인다. 꽉 끼는 사각팬티 속으로 손을 넣자 무성한 음모가 까칠하게 만져졌다. 손으로 전해지는 온기를 느끼며 잠들어 보려 하지만 잡념이 몰려와 계속 뒤척이게 만들었다.

6시 기상

입안이 바짝 말라 있다. 방이 건조한 탓도 있지만, 사실은 오랜 기간 동안 복용해온 혈압 약의 부작용으로 눈과 입이 수시로 말라서 뻑뻑해져 왔다. 이런 사실을 알지만 뾰족한 방법이 없었다. 하지만 물을 찾지는 않았다. 물을 마신다고 해서 잠깐이라도 입속이 편안해진다면 마시겠지만 괜히 혈압만 높이고 편안해지지도 않는다. 김 사장이 용변과 세면을 끝내고 나오는 소리에 사람들이 이불을 개고 대호가 정해진 순서대로 화장실에 세면과 용변을 보러 들어갔다. 윤발이 일어나면서 뒤창을 활짝 열자 12월의 차가운 겨울바람이 방 안으로 몰려들었다. 동원은 윤발이 일어나기를 기다리고 있다가 고개와 허리를 숙여 인사했다. "안녕히 주무셨습니까!" 12월의 차가운 바람을 등지고 느끼며 윤발이 천천히 고개 숙여서 동원의 인사에 대꾸해 주었다. 그와 동시에 기다리고 있던 방 안 사람들이 윤발을 향해서 돌아가면서 인사를 건넸다. 윤발은 자신이 밤새 누워 있던 침구를 대신 정리해 주는 동원을 힐끗 쳐다보고는 돌아가며 고개 숙여 인사에 일일이 응답해 주었다. 대호가 욕실에서 나오며 맨손체조를 하고 있는 윤발을 향해서 고개 숙여 인사했다. "안녕히 주무셨습니까!" 윤발도 한쪽 손을 머리 옆으로 들어 대호의 인사를 받아 주었다. 스피커에서 기상을 알리는 '법질서 지켜요' 노래가 그룹 2NE1 박봄의 목소리로 들렸다. 6시 25분을 알리는 소리였다. "각방 점검 준비!" 멀리서 점검을 알리는 직원의 목소리가 들렸다. 사람들은 점검 대형으로 정해진 각자의 자리에 앉아 점검을 기다렸다. "각방 점검 1방, 2방, 3방…." 직원이 21방을 부르자 대호가 "6명입니다"를 외쳤다. 이렇게 오전 기상 점검을 받았다. 밤새 잠겨 있던 문이 열리자 무기수 김 사장이 쓰레기통과 20리터 식수통을 복도에 내놓았다.

방 천장에 달려 있는 스피커에서는 아침 교화방송 라디오가 나왔다. 라디오에서는 귀에 익숙한 잔잔한 피아노 독주곡이 흘러나왔다. 클로드 드뷔시의 '베르가마스크 초기 생애 모음곡' 중 '달빛'이었다. 윤발은 전공과목 과제 중 '작곡가 클로드 드뷔시의 작품 중 한 곡을 감상하고 인상주의와 관련해 본인만의 감상평을 쓰시오'를 위해 이 곡을 수도 없이 반복해서 들어 보았다. 한 20번쯤 반복해서 들어 봤을 때 비로소 피아노 독주곡이면서 섬세하고 연약한 연주를 하고 있다는 것을 느낄 수 있었다. 정형화되지 않은 연주는 모호한 분위기로 차분하지만 수동적 분위기를 나타내면서 순수한 음 자체의 아름다움을 신비성 있게 만들어 듣는 사람으로 하여금 천천히 빠져들게 만들어 주었다. 곡은 마치 달빛의 고요함을 담아낸 느낌을 준다. 들을 때마다 몽롱한 음악은, 곡의 도입부 부분에서는 안정적이고 고요했고, 중간 부분에서는 바다 위에 달빛이 비치는 느낌이 들면서 바다 위에 잔잔하게 둥둥 떠 있는 느낌이 든다고 과제를 제출했던 기억이 생각났다. 윤발은 스스로가 대견하다는 생각이 들었다. '아이 씨발, 내가 이런 곡을 듣고 알아듣네!' 입 주변에 흐뭇한 미소가 번졌다.

임시 소지 대호가 출력을 하면서 "다녀오겠습니다"라며 윤발을 향해 인사를 하고 복도로 발걸음을 옮겼다. 사람들 욕실 사용이 끝나고 맨 마지막에 욕실에 들어선 윤발이 변기에 앉아 볼일을 보고 있는데 동원이 방으로 들어온 20리터 식수통을 욕실 투명한 창 앞에서 윤발에게 들어 보였다. 온수가 들어왔으니 세면용으로 사용하라는 신호였다. 윤발이 고개를 끄덕여 알았다는 신호를 보냈다.

천년 같은 하루하루 지긋지긋하다

7시 10분 아침 식사

정해진 일상대로 덕삼이 밥상을 펴고 나서 플라스틱 숟가락과 젓가락을 수저통에서 찾아 주인 앞에 올려놓았다. 임시 소지 대호가 앞창 창살 사이로 난 식구 통으로 밥을 넣어줬다. 막내 동원이 창살 사이로 들어오는 밥과 국 같은 부식을 받아서 상 위에 올려놓는다. 국은 옆방에서 임시 소지를 나온 준형이가 주었고 반찬은 한지공예 훈련생 보성이가 주었다. 무기수 김 사장이 밥을 푸며 동갑내기 류 사장과 존칭으로 오늘 날씨를 이야기하면서 토요일 운동을 나갈

까 말까 고민하고 있고, 류 사장은 국을 푸면서 오늘같이 날
씨가 좋은 토요일에는 바람이라도 쐬고 오겠다고 이야기한
다. 윤발은 옆에 앉아서 휴지를 냅킨처럼 접어서 일일이 전
달해 주면서 이 이야기를 듣고 자신은 어떻게 할까 고민에
빠졌다.

천장에 달려 있는 라디오 스피커에서는 어느새 교화방송
이 끝나고, 지방 지역방송이 시작되었다. "12월 12일 최혜영
의 함께해요 아침방송입니다." 여자 진행자의 상큼한 목소리
가 방 안에 울려 퍼졌다. 오늘은 40여 년 전 군사혁명이 있
었던 날이죠, 하는 짧은 진행자의 말이 지역의 정서를 말해
주는 듯 보였다. 상큼하던 진행자의 목소리가 한순간에 더
럽게 느껴졌다. 김영삼 정부 출범 후 12·12 사태는 5·18 광
주 민주화운동 유혈진압 등으로 대법원에서 무기징역이 확
정된 사람이자 군사반란, 내란선동죄를 지은 사람이 어떻게
혁명가가 됐는지 모르겠다며 더 이상의 12·12 이야기는 나
오지 않았고 평소와 똑같은 신청자 참여 퀴즈, 당첨자 확인,
듣고 싶은 노래 신청이 이어졌다.

어제저녁 금요일마다 관에서 틀어주는 영화를 보고 싶어

하는 동원을 대신해 김 사장이 설거지를 해 준 보답으로 동원이 아침 설거지를 한다고 했다. 류 사장이 음식물을 한데 모아서 변기에 버리러 간 사이에 덕삼이 밥상을 치우고 김 사장이 빗자루로 방을 쓸었다. 커피를 마실 준비를 하려고 윤발이 신문을 바닥에 깔았다. 임시 소지 대호가 짬을 알리는 소리가 복도에 울렸다. "짬!" 사실 먹고 남은 음식물은 소지에게 짬으로 내주어야 하지만 먹고 남은 음식물이 많은 방은 소지들이 싫어하기 때문에 그냥 변기에 버리는 일이 다반사였다. 옆방에서 임시 소지를 나온 준형이가 파란색 플라스틱 양동이에 뜨거운 물을 잔뜩 담아 들고서 "커피 물"이라고 외쳤다. 덕삼이 손잡이가 달린 물통을 들고 앞 창살 사이로 커피 물을 받아서 신문지 위에 올려놓았다. 화장실 변기에 짬을 버리고 나오는 류 사장이 짬을 담았던 통을 설거지하는 동원에게 건네주고 싱크대 옆에서 사람들이 쓰는 플라스틱 컵을 양손에 모아서 들고 와 바닥에 깔린 신문지 위에 올려놓았다. 사람들이 각자의 컵을 찾아서 뜨거운 물을 부어 커피를 탔다. 공동으로 구입한 귤과 땅콩도 신문지 위에 펼쳐졌다. 커피 마실 준비가 끝나자 무기수 김 사장이 긴 한숨을 쉬며 말을 이었다. "아…휴, 언제부터 12·12 사태가 혁명이 됐습니까?" 윤발을 향한 질문이었지만, 방 사람 모두에게 던지는 질문이기도 했다. 윤발이 마시던 커피잔을 내려놓고 덕삼이 까놓은 귤을 집어먹자 대꾸할 마음이 없음을 알고, 류 사장이 대신해서 자신의 생각을 이야기했다. "성공한 쿠데타 아닙니까? 그럼 혁명이 맞지요…." "아니, 그게 어떻게 성공한 쿠데타예요. 정권 도둑질이지요!" 김 사장이 답답하다는 표정으로 류 사장에게 말하고 자신이 맞지 않느냐는 듯 윤발을 쳐다보았지만 윤발은 대꾸해 주지 않았다. 그러자 시선이 덕삼에게 향했고 덕삼이 혼잣말로 중얼거렸다. "혁명이 맞지요!" 들릴 듯 말 듯한 작은 목소리였다. 김 사장이 답답하다는 듯 또다시 긴 한숨을 쉬었다. "아휴…." "아무리 고향이 대구 경주라도 그렇지 이걸 그렇게 편들어 주면 되나!" 설거지를 끝마치고 커피를 마시러 자리에 앉으려는 동원이 김 사장을 보면서 질문을 던졌다. "12·12 사태가 뭐예요?" 김 사장이 자신의 의견이 많이 반영된 내용으로 쿠데타가 맞다는 취지의 설명을 해 주자 한국 정서를 잘 모르는 동원이 결론을 내듯 형들에게 확정 지어 대답해 주었다. "쿠데타, 반역 독재가 맞아요! 어디 국민의 군대가 국민에게 총을 쏘고 국민을 살해합니까!" 김 사장은 흐뭇해했고, 류 사장과 덕삼은 못마땅한 표정이 역력했지만 더 이상 아무런 대꾸도 하지 않았다. 마치 너랑은 이런 내용으로 실랑이를 벌이지 않겠다는 뜻이 담겨 있는 것 같았다. 류 사장이 혼잣말로 들릴 듯 말 듯 중얼거렸다. "이성계 역시 고려의 장수였고, 조선 건국 자체가 군사 쿠데타였다. 이놈들아…"

커피를 마시며 이들의 대화를 듣던 윤발은 혁명이라는 단어와 독재라는 단어를 생각해 보았다. 먼저 혁명가란 내란의 위기에 처한 국가를 위해서 홀연히 나타난 누군가가 국가와 민족을 구하고 종래의 권위나 방식을 단번에 뒤집어엎어 안정을 찾게 만든 사람이라고 생각했다. 그런 다음에 개인이나 단체 따위가 권력을 차지해 모든 일을 상의 없이 독단으로 처리하면 독재자가 된다. 그런 의미에서 혁명가는 개혁가와 유사한 점이 많아 보였다. 윤발은 제도나 체제를 새롭게 뜯어고치는 개혁가를 좋아했다. 조선 후기 정조 임금이 윤발의 눈에는 그래 보였다.

수원 화성으로 졸업 논문을 준비했던 윤발은 자연스럽게 정조 임금의 생각과 이념을 느낄 수 있게 되었다. 개혁 개방 정책을 추구하던 정조 임금은 정치·경제를 움켜쥔 수구 세력의 눈엔 못마땅하게 보이게 되고, 이들의 저항을 맞이하게 된다. 기득권을 빼앗기지 않으려는 기존 세력을 상대로 싸우기에는 수도 한양에서 그들의 힘과 세력이 너무도 강함을 느끼게 된 정조 임금은 이를 타개할 방도를 모색하다가, 군사 요충지로서의 역할과 경제 기반으로서의 역할을 동시에 수용할 만한 새로운 수도를 찾다가 수원을 지목하게 된다. 수원 개발은 수구 세력의 반대에 부딪치지만, 유교 국가에서 제일 높게 받드는 효를 빌미로 수원을 개발하면서 성을 쌓게 되는데 이것이 지금 우리가 보고 있는 수원 화성이 되었다. 18세기 화포의 발달로 제아무리 튼튼한 성곽이라도 제 역할을 못하게 되던 시기의 화성 성곽은 그래서 특별한 의미를 가지게 된다. 여기에서 개혁을 방해하는 수구 세력을 상대로 임금이 준비하던, 내전에 준하는 전쟁 준비가 있지 않았을까 생각해 볼 수 있다.

천년 같은 하루하루 지긋지긋하다

정확히 말하자면 정조가 아버지인 사도세자를 모신 현륭원 참배를 위하여 도성에서 멀리 떨어진 수원에 그토록 자주 원행한 일은 상당히 드문 일이라 할 수 있다. 이와 같이 빈번한 화성 원행은 수원 화성 신도시를 만들고 그 위상을 높이는 데 결정적으로 기여하게 된다.[1] 그러나 정조가 세상을 뜬 후 현륭 원행의 양상과 수원 화성의 위상은 전적으로 뒤를 이을 순조의 태도와 역량에 달려 있었다. 이러한 면에서 본다면 순조는 정조의 기대를 충족시키지 못하였다. 정조의 후원을 받지 못한 순조는 친정에 나선 후에 한때 정국을 주도하기도 하였지만 갑자년이 되어서도 사도세자를 추앙할 수 있는 역량을 키우지 못하였고, 재위 10년 무렵부터

---

[1] 조선 성종 때 편찬된 경국대전에 의하면 왕릉은 한양 4대문에서 80리 안에 두어야 한다는 규정이 있는데, 정조가 아버지 사도세자의 능을 88리 떨어진 현재의 수원으로 이장하려 하자 대신들은 이장지가 한양 4대문에서 88리 떨어진 곳이라고 반대하였다. 이에 정조는 "이제부터는 수원을 80리라고 명하노라"라고 하였다는 일화가 전한다(위키백과, 2018).

는 질병으로 인하여 정국의 주도권을 외척[2] 가문들에게 넘겨주게 되었다. 윤발의 눈엔 수구 세력인 외척들은 국가의 주인이 누가 되든 상관없어 보였다. 그저 자신들의 재산만 인정해 준다면 말이다.

윤발은 또 다른 개혁 정치가 정조와 비슷한 사상가이자 한글 세대의 첫 번째 대통령, 대한민국 수도를 공주로 옮기려 했던 대통령, 풀뿌리 민주주의 열렬한 신봉자이자 한국 사회의 비주류(非主流)를 대표하는 정치인으로서 극우·보수 기득권 세력의 집요한 반대를 물리치고 21세기의 첫 대통령 선거(2002)에서 승리해 한국 정치사에 큰 획을 긋고 퇴임 후

---

2) 순조는 1804년 12월부터 직접 국정을 관장했으나 권력의 핵심은 김조순을 비롯한 안동 김씨 일문이 장악했다. 김이익, 김이도, 김이교, 김조순, 김문순, 김희순, 김명순, 김달순 등이 주요 인물로, 이들은 정부의 요직을 거의 독점하면서 중앙과 지방의 인사권을 장악했다. 이러한 세도정치로 뇌물수수 등 부정과 부패가 극에 달했으며, 관직에 나아가기 위해서는 안동 김씨 일족에 줄을 대는 것이 지름길이 되었다. 안동 김씨 세도정권이 정국을 주도하는 가운데 순조는 이를 견제하기 위한 여러 가지 방책을 강구했다. 1819년 조만영의 딸을 세자빈으로 삼은 것을 계기로 풍양 조씨 일문을 중용했으며, 1827년에는 효명세자에게 대리청정을 맡겼다. 세자는 조만영을 비롯한 풍양 조씨의 세력을 끌어들여 김노, 홍기섭 등 새로운 정치 세력을 결집하고, 김조순을 평안도 관찰사로 내보내는 등 안동 김씨를 멀리하고자 했다. 그러나 1830년 세자가 젊은 나이로 죽으면서 안동 김씨의 반격이 시작되었다. 그리하여 대리청정기에 정국을 장악했던 인물들은 유배되었으며, 순조의 안동 김씨 견제 시도는 실패로 돌아갔다. 그 뒤 안동 김씨 일문은 풍양 조씨의 협력을 얻으면서 정치적 기반을 더욱 굳건히 다져 나갔다(천재석 편, 『브리태니커 세계 대백과사전』, Encyclopaedia Britannica, Inc. 2010).

사저 뒷산에서 투신하여 서거한 대통령을 좋아했다.

그런 이유로 지금의 대통령도 좋아했지만, 요즘 들어선 진보고 보수고 상관없이 최고 통치자가 되면 국민은 안중에 두지 않는다는 생각이 윤발의 머릿속을 지배하게 되었다. 연일 터지는 사건 사고의 대비책이 처벌 위주의 형량 증가라니, 윤발은 사건 사고가 일어나기 전의 방비책이 필요하다고 생각했다. 사후의 일도 그렇다. 일정 기간 사회와 격리만 한다면 그건 그다지 실효성이 없어 보였다. 사전 예방과, 사후 재발 방지책이 빠진 처벌 위주의 형량 증가는 사실 이들과 크게 상관없는 일이었다. 저들은 언제든지 전두환, 노태우처럼 특별사면을 통해 복권 또는 석방되는 시스템을 가지고 있기 때문이었다. 늘어난 처벌 위주의 형량은 어차피 국민들 몫이었다.

무능한 술주정뱅이 아버지가 자신의 위엄을 세운다고 아이들에게 가르치지도 않은 학습을 못 한다고 때리고 인성이 나쁘다고 때리는 모습과 달라 보이지 않았다. 그래서 지금의 위정자들 모두가 무능하다고 단정 지어서 말할 수 있었다.

8시 일과 시작 점검

일과 시작을 알리는 그룹 2NE1 박봄의 '법질서 지켜요' 음악이 스피커에서 흘러나오자 사람들은 일사불란하게 하던 일을 마치고 점검 대형으로 자리에 앉아서 점검을 받았다.

얼마 지나지 않아서 토요일 운동 담당 교도관이 사동별로 30분씩 운동을 알렸지만 쌀쌀한 날씨 탓에 21방은 아무도 운동을 나가는 사람이 없었다.

덕삼과 유난히 친하게 지내는 임시 소지 준형이 앞창 틀에 기대어 방 사람들을 관찰하더니, 덕삼과 눈이 마주치자

천년 같은 하루하루 지긋지긋하다

"진짬뽕 라면 있으면 3개만 빌려줘"라며 웃음을 보였다. 사람들을 돌아본 덕삼이 홀당 먹치기 칸에서 진짬뽕 라면 3개를 골라서 준형에게 건네주었다.

이와 동시에 류 사장이 홀당 먹치기 칸에서 귤 한 봉지를 꺼내서 준형이에게 주면서 이따가 운동 간 사람들 들어올 때 방문이 열리면 방에 온수 한 통만 넣어 달라고 부탁을 했다. 아무래도 쌀쌀한 날씨에 머리도 감고 속옷 빨래도 하려니 어려움이 있었나 보다 생각이 들었다.

운동을 나갔던 사람들이 들어오는지 시끌시끌한 소리가 복도에서 울렸다. 곧이어 추위에 움츠린 사람들이 작별 인사하는 목소리가 여기저기서 들렸고, 준형이 20리터 식수통에 온수를 담아서 방에 넣어 주었다. 따뜻한 식수로 샤워를 마친 류 사장이 세탁한 속옷을 들고 나와서 뒤쪽 창문 창살에 옷걸이를 이용해서 물이 뚝뚝 떨어지는 팬티와 양말을 널어 놓았다.

동원이 류 사장을 보면서 "탈수를 해서 널지요"라며 말을 이었고, 류 사장이 동원에게 "귀찮다"라면서 말을 받았다. 잠자코 있던 윤발이 류 사장을 향해서 단호하게 이야기했다. "다음부터는 탈수해요!" 동원에게는 귀찮아서 싫다고 했던 사람이 윤발의 말에는 "알았어, 오늘은 날씨가 좋아서 한 번 널어 봤어"라며 수그리고 들었다.

윤발의 눈에는 류 사장은 말버릇 때문에 행동 하나하나까지도 주변 사람들에겐 오만하게 비치는 사람이었다. 하지만 윤발에게는 그런 모습들이 그다지 거부감이 들지 않았다. 류 사장은 자신이 잘났고 대단한 사람이란 걸 모두가 아니라 윤발에게만 어필하면 된다고 생각하는 사람이었다. 윤발이 자신을 좋게 생각하게 하는 게 자존심을 지킬 수 있는 지름길이고, 자신의 허영심을 관심으로 바꾸어 남이 나를 나쁘지 않게 생각하게 할 수 있다고 여기는 사람이었기 때문이다. 류 사장은 그러기 위해서 자신보다도 한참이나 나이가 어린 윤발에게 매달 고급 팬티와 런닝, 양말을 선물해 주었고 분기별로 영양제는 물론이고 계절별로 고급 셔츠를 선물해 주었다. 그런 류 사장은 가끔 윤발이 사회에 있을 때 지역 공무원이나 정치인들처럼 받기만 하고 자신의 뜻대로 움직여 주지 않는 모습을 보면서 혹시 밑 빠진 독에 물을 붓고 있지는 않나 하는 표정을 지었다. 그러면서도 방 사람

천년 같은 하루하루 지긋지긋하다

들 이야기는 어떻게든 무시하고 비하하면서 자신은 많이 배우고 신분도 높았던 사람임을 알리려는 모습이 역력했다.

윤발은 류 사장을 보면서 안타깝다는 생각이 잠깐 들었다. 누구나 들어가고 싶어 하는 금융권 직장에서, 그것도 상무라는 중역의 임원을 지냈다고 하는 사람이 교도소에서 속옷 탈수 문제로 나이 어린 애들에게 잔소리나 듣고 있다니, 류 사장은 집에서는 빨래 한번 해보지 않았을 사람처럼 보였다. 가끔 잘난 척하면서 사람들을 무시하는 발언을 해서 사람들과 물의를 빚기는 했지만 윤발에게는 이런저런 물품들이나 옷가지를 곧잘 사 주는 편이었다.

교도소에 수용자로 오래 살다 보면 사람들을 관찰하는 습성이 생기는데 장점보다는 단점을 먼저 보게 된다. 어차피 그 사람이 하는 행동이나 말은 다른 사람들에게 자신을 나쁘게 보이지 않기 위해서 만들어진 위선일 가능성이 크기 때문이다. 자신이 많이 배우고 지위가 높은 사람이며 나쁘지 않은 사람이란 걸 강조하면서 내세우는 사람들의 공통점은, 허영심으로 가득 차 있다는 것이다. 그러니 자신들은 장점이라고 말하는 모든 것이 윤발의 눈에는 단점으로 보일 수밖에 없었다. '오만과 허영심으로 가득 찬 경제범들 = 사기꾼들'. 윤발에게 이건 편견이 아니라 진리였다.

류 사장처럼 겉으로 보이는 모습을 중요하게 생각하는 사람에겐 자신의 장점을 단점으로 인정하기란 결코 쉽지 않은 일이다. 그런 의미에서 본다면 윤발은 자신의 어머니도 똑같은 부류에 든다고 생각했다.

너무 어린 시절이라 나중에 알게 된 사실이지만 어머니는 아버지 몰래 누군가들의 투자 보증을 서 준 일이 있었다. 그것도 여러 번 있었다고 했다. 아버지의 만류에도 아랑곳하지 않으셨다고 했다. 결국 한계에 다다른 우리는 2층 집을 빼앗기고 주변 사람들의 도움으로 시골 변두리에 터전을 마련하게 됐다고 했다.

싸늘한 가을 아침 어머니 집 마당에서는 아직도 다 따지 못한 붉은 대추 알이 주렁주렁 매달려 있었다. 땅바닥엔 곱게 익은 대추 알과 푸름을 잊어 가는 대추나무 잎이 함께 뒹굴고, 바람이 흔들고 지나갔는지 잔가지들이 부르르 떨면서 나뭇잎과 과일을 땅바닥에 또 떨구어낸다. 블록으로 지어진 벽면과 슬레이트 지붕을 이고 있는 시골집은 아궁이에서 보일러로 바뀌면서 입식 주방으로 개조된 나름의 신식 건물이었다. 마루를 가로질러 설치된 6개의 두터운 유리문은 집을 좀 더 운치 있게 만들어 주면서 웅장하게 보이게 만들어 주었다. 윤발은 마루에 누워 파란 하늘을 보는 걸 좋아했었다. 밤에는 별과 달을 맘껏 볼 수 있었다. 눈 내리는 하늘과 비 내리는 하늘을 아무렇지 않게 보면서 시간 보내는 게 너무나 좋았다. 넓은 마당 한쪽을 텃밭으로 만들어 간단한 채소도 경작할 수 있는 집을 내버려 두시고 어머니는 퀴퀴하고 곰팡내가 물씬 풍기는 반지하 집으로 스스로 입주하셨다. 밤이고 낮이고 이유를 만들어 술을 마시고 비틀거리며 인생을 살아갈 낙(樂)을 잃은 아들이 언젠가는 일상의 삶으로 돌아올 것이라 굳게 믿으시면서…. 술에 취한 아들은 길거리를 배회했다. 배회하던 아들을 길거리에서 찾아 어르고 달래서 집으로 데려오는 날이 잦아졌다. 어머니는 젖먹이 손녀 아이를 들쳐 업고 아들을 찾으러 거리를 헤매 다니셨다. 찬바람을 맞으시며 무거운 아이를 등에 업은 어머니의 건강은 하루가 다르게 나빠졌다.

윤발은 이런 사실을 알고 있었지만 인정하지 않았다. 내가, 어머니가, 아이가, 축축하고 퀴퀴한 곰팡이 집에서 가스가 끊기고 전기, 수도 공과금이 밀리는 이유가 너무도 너를 사랑한 탓이라서 너 때문이라고 생각했다. 너만 사랑하지 않았다면, 너만 잊을 수 있다면, 이까짓 생활은 언제든지 훌훌 털고 일어날 수 있다고 생각했었다. 하지만 그건 비겁한 변명의 메아리일 뿐이었다.

그날 시외버스 터미널 예식장 친구 결혼식에 참석하지 않았다면, 그곳에서 친구들과 여행을 떠난다는 너를 보지 않았다면 이곳에 오지 않았을 것이라고 윤발은 생각해 보았다. 친구 결혼식 전야제에서 밤새도록 마신 술 때문에 머리가 아파 왔다. 꾸깃꾸깃해진 양복과 와이셔츠가 윤발을 초라하게 만들었다. 결혼식까지는 시간이 조금 남아 있었다. 윤발은 결혼식장에 들어가지 않고 대합실 의자에 앉아 있었고 중고등학교 한 학년 후배 장준과 두 학년 후배 현오가 탄산음료 밀키스를 사서 윤발에게 내밀어 주었다. "형님, 괜찮으세요!" 장준과 현오가 걱정스런 낯빛으로 윤발을 꼿꼿이 서서 내려다보았다. 부들부들 떨리는 손과 제대로 서지도 못하는 윤발이 이들 눈에는 무척이나 걱정돼 보였다. 시

원하고 부드러운 탄산음료가 입속에 가득 담겨졌다가 목구멍을 따라 천천히 내려가자 꿈같은 몽롱함이 찾아왔다. 고개를 숙인 채 두통과 숙취를 잊으려 애쓰고 있는데 현오가 누군가에게 인사하는 소리가 들렸다. "안녕하세요." 그 뒤에 장준이의 목소리가 들렸다. "그냥 가시지요, 형님 많이 피곤하신데!" 윤발은 장준이의 목소리에 고개를 들고 누가 왔나 확인해 보았다.

목이 길고, 하얀 피부의 고상한 그녀였다. 숨이 막힐 정도로 그리워하고, 욕망하고, 열망하던 그녀였다. 몸에 꽉 끼는 하얀색 스키니진에 연노랑 블라우스를 차려입은 그녀는 너무나 예뻐서 제대로 쳐다볼 수도 없었다.

"또 술 마셨어?"

"응…."

"어쩌려고 그래?"

"…."

윤발은 할 말을 찾을 수 없어 눈만 깜박였다.

"아이 씨발, 가던 길 가시라고!"

그녀를 향하는 장준의 신경질 섞인 목소리가 윤발의 귀에 들렸다. 윤발이 자리에서 일어나 예식장을 향해서 걸음을 옮기며 장준이를 불렀다.

"야, 결혼식에 늦겠다. 빨리 가자!"

자기와 동갑내기인 여자를 향해서 현오가 고개 숙여 인사를 하고 현오가 뒤따라 붙었다. 윤발의 뒤통수에 여자의 목소리가 들렸다.

"나 친구들과 여행 가려고 여기에 왔어…."

금요일 오전 10시 터미널 대합실은 한가해 보였다. 여자와 비슷한 복장의 남녀들 한 무리가 여자를 근심하는 표정으로 지켜보고 있는 게 보였다. 장준이가 참지 못하고 여자에게 욕을 했다.

"씨발년아, 알았으니까 가라고!"

근심스럽게 여자를 지켜보던 무리에서 제일 덩치가 크고 제법 나이가 들어 보이는 남자가 빠른 걸음으로 다가와 장준이와 여자 사이에 서서 여자를 보호하듯 장준이를 향해서 사나운 눈빛을 쏘아 보냈다. 현오가 다가가 둘을 떨구어내듯 밀치며 그만하라고 하면서 장준이를 끌어 잡아당겼다.

"형님… 그만하시지요. 윤발이 형님이 지켜보고 계십니다."

남자는 여자의 보디가드라도 되는 듯 등 뒤에 바짝 붙어서 뭐라뭐라 씨부려대는 듯했다. 윤발의 눈에 현오가 들고 있는 투명 비닐봉지 속 물건들이 보였다. 웨딩카를 장식하고 남은 반짝이 색동 끈과 가위였다. 윤발은 가위를 빼어 들고 남자에게로 달려들었다. 이번엔 뒤에서 장준이와 현오가 형님을 외치며 만류하는 소리가 터미널에 울려 퍼졌다. 큰 울림의 소리였지만 뒤돌아보는 사람은 여자뿐이었다.

"오빠! 안돼!"

남자를 향하던 가위가 막아서는 여자의 가슴에 꽂혔다. 여자의 밝고 화사했던 연노랑 블라우스가 진한 장밋빛으로 물들었다. 윤발은 가위를 뽑아 들고서 남자의 옆구리를 향해서 다시 한번 쑤셔 넣었지만 여자가 돌아서며 또 한 번 막아섰다.

"오빠, 안돼, 하지 마, 그만해…. 오빠, 오빠, 제발…."

우람한 덩치의 보디가드 같던 남자는 어느새 도망가 버리고 여자만 바닥에 힘없이 무너져 있었다. 윤발은 현실이 믿어지지 않았다. 자신의 목숨 정도는 그녀를 위해서라면 하찮게 느껴질 정도였다. 윤발은 이런 감정이 사랑이라고 생각했었다. 덩치 큰 남자 놈도 당연히 그러리라 생각했다. 그런데 이놈이 여자 뒤로 몸을 숨기다니, 이놈만큼은 꼭 잡아 죽여야 했다. 고개를 들어 사방을 훑어보던 윤발의 눈에 장준이와 현오에게 붙잡혀 온몸으로 가위를 받고 있는 덩치 큰 남자가 보였다.

'씹새들, 잘했다.'

터미널 대합실은 비명이 난무하는 혼돈의 장소로 바뀌어 있었다.

여자는 가위에 폐를 심하게 다쳐 뇌에 산소 공급이 부족해지면서 뇌 손상을 입었다고 했다. 이제부터는 자신의 의견을 스스로 말할 수 없다는 의사의 소견도 있다고 했다. 하지만 덩치 큰 남자 놈은 수십 번의 가위질을 당하고도 신체 중요 급소를 모두 피해서 생명에는 지장이 없다고 했다. 경찰서 유치장에서 소식을 전해 들은 윤발은 무표정에 가까워 보였다. 접견을 끝내고 돌아서던 친형이 다시 말을 이었다.

"그 새끼 같은 직장 같은 팀 팀장이래. 그날 본사에서 주체한 워크숍에 가는 중이었다는데…"

접견장 접견실을 떠나는 형의 뒷모습이 왠지 무거워 보였다.

윤발은 경찰 조사를 받을 때 너무도 힘들고 지쳐서 경찰 질문에 모두 그렇다고 대답해 준 대가(代價)로 조사를 빨리 끝마치고 유치장에 몸을 눕힐 수 있었다. 오랜 스토킹 끝에 전처를 성폭행하고 살해하려 했다는 조서에 날인을 했다는 사실도 모르고⋯.

반추(反芻)와 성찰(省察)의 오랜 시간이 윤발을 기다리고 있다는 사실을 그때는 몰랐다. 윤발은 오직 자신의 무능을 감추려고 애썼던 지난날이 부끄러웠다. 그녀와의 헤어짐도 그랬고, 비참한 반지하 생활도 자신의 무능이었음을 알고도 인정하지 않았다. 자신의 불행은 모두 다른 사람 때문이라고 책임을 전가하려 했었다는 것을⋯.

10시 10분 커피 타임

"커피 물." 복도에서 임시 소지들이 커피 물 줄 테니 물 받을 준비를 하라는 소리가 들렸다. 방에서 임시 소지로 출력한 대호가 손잡이가 달린 물병을 들고 와서 커피를 마시라며 뜨겁게 데워진 오뚜기 물을 방으로 넣어 주었다. 동원이 대호가 들고 있는 물병과 똑같이 생긴 물병을 들고 가서 대호가 건네주는 물을 받았다. "맛있게 드세요." 대호가 방을 바라보며 인사를 하고 다른 방으로 향했는데 그 뒤에 대고 동원이 "고마워요!" 하면서 인사를 받았다.

천년 같은 하루하루 지긋지긋하다

다들 TV 앞에 옹기종기 모여들어 앉아서 바닥에 신문을 펴고 과자와 귤 등의 먹거리를 꺼내 놓으며 자기와 친한 사람을 불러 모았다. 그러면서도 사람들은 윤발을 부르는 걸 잊지 않았다. 덕삼이 싱크대에서 각자의 이름이 적힌 컵을 들고 왔고, 각자 알아서 자기 컵을 찾아서 커피, 녹차, 율무차 등을 기호에 맞춰서 차를 타 먹었다.

윤발이 다가와 자리에 앉으며 홀당 앞에 앉은 김 사장을 보면서 "사과도 같이 먹지요?"라며 의견을 묻는 척 사과도 꺼내 놓으라고 에둘러 말했다. 이를 본 동원이 싱크대 수저통에서 플라스틱 숟가락 하나를 꺼내서 자리로 돌아왔다. 교도소는 수용자 간의 안전을 고려해서 모든 식기와 식사용 도구는 플라스틱으로 되어 있다. "형 칼 가져왔어요!" 숟가락을 윤발에게 주면서 동원이 웃음을 보였다. 시키지 않아도 알아서 척척 가져오는 자신이 기특하지 않냐는 웃음이었다. 윤발이 한쪽 눈을 깜박여 감사 표시를 하고는 칼이라고 불리는 숟가락을 거꾸로 받아들고 손잡이 쪽으로 사과를 사 등분해서 다시 껍질을 벗기기 시작했다. 사과는 사등분 절단면과 깎여 나가는 껍질이 플라스틱 숟가락으로 하는 작업이라고 보기엔 너무도 예리하고 날카롭게 보였다. "어때, 진짜 칼로 하는 것보다 더 잘하지!" 윤발이 어깨를 들어 올리며 으스댔다. 그러자 지켜보던 방 사람들의 감탄 섞인 환호와 칭송이 이어졌다. 윤발이 임자 없는 순가락을 얼마 전 화장실 시멘트 바닥에 문질러 손잡이에 날을 세우고 수건에 치약을 발라 하루 종일 문지르고 또 문질러 매끈하고 예리한 칼을 만든 것이었다. "죽고 싶으면 이야기해 주세요, 저렴하게 모셔 드립니다!" 윤발이 미소 지으며 자리에 앉은 사람들을 둘러보았다. "니, 왜 날 보노?" 류 사장이 정색하는 표정을 지었다 풀면서 웃음을 보였다. "살고 싶으면 말고…." 윤발이 류 사장을 향해 한 말이었다. 사람들이 간식을 먹으며 TV를 보는데, TV에서는 뉴스가 곧 나온다는 안내 방송과 함께 바로 뉴스가 시작되었다. 특집으로 구성된 뉴스를 알려 드린다는 앵커의 말과 함께 조두순 출소 영상이 나오더니, 유튜버들이 조두순이 탑승한 차량으로 의심되는 차량을 쫓아가며 폭력적으로 위협하면서 차량을 가로막고 법무부 차량을 파손하는 장면의 내용이 반복해서 방송됐다. 그럼에도 불구하고 이를 제지하는 공무원은 보이지 않았다. 편집됐는지는 모르겠지만 아무튼 그렇게 보였다. 담담한 모습의 조두순과는 대조적인 유튜버들은 어떻게 해서라도 튀어 보이기 위해 애쓰는 모습이 역력했다.

"이 간나 새끼들은 또 뭐야?"

유튜버를 가리키는 동원의 성난 목소리였다.

"야, 쟤들 왜 그래?"

윤발의 질문에 동원이 나서서 대답해 주었다.

"유튜버예요…."

"근데 왜 그래?"

윤발이 똑같은 질문을 다시 했다.

"저래서 관심을 모으면 돈이 생기잖아요!"

"저런다고 누가 돈을 주는데?"

"아이, 혀…엉, 정말 몰라요?"

"모르지 임마, 유튜버는 알지만 그걸로 돈이 생기는지 어떻게 알아, 형이 교도소 온 지가 10년이 넘었어."

"팔로워 수에 따라서 광고 수입이 생겨요! 그래서 청취자를 끌어모으려고 이러는 거예요."

"근데, 공무원이 말리지도 않고 보고만 있어?"

윤발이 의아하다는 표정으로 질문을 던졌다. 하지만 방을 한번 살펴보고는 더 이상의 질문은 그만두었다. 윤발의 눈에 TV를 지켜보는 사람들의 낯빛이 어둡게 변해 가는 모습이 보였다. 윤발은 그들의 무표정한 얼굴에서 감추고 들키지 않으려는 수치심과 부끄러움을 감지했다. 출소자를 반기지 않을 거라 막연한 생각은 있었지만, 이렇게까지 혐심해서 분노와 증오를 나타내고, 정의를 가장한 돈벌이가 기다리고 있을 줄은 몰랐다는 듯한 표정들이었다.

뉴스 진행을 맞은 앵커의 질문이 전문가라는 사람에게 이어졌다. 하지만 그의 답변은 원론적인 수준의 이야기들뿐이었다.

"주요 성범죄 전과자와 강력범에게 전자발찌를 부착해 재범을 막는 전자감독 제도가 도입된 지 10여 년이 지났지만 범죄 예방 효과를 둘러싼 실효성 논란은 가시지 않고 있습니다. 실제로 전자발찌를 착용한 채 또 다른 성범죄를 저지르거나 전자발찌를 끊고 도주한 사례가 최근까지 잇따르고 있습니다. 이처럼 불안한 현실 탓에 전자감독 제도에 대한 시민들의 불신은 계속되고 있습니다. 사회와 격리됐던 강력 성범죄자들이 10년 이상 형기를 마치고 속속 출소하고 있지만, 시민 공포와 불안을 끊어낼 사회적 안전망은 여전히 과거의 틀에서 벗어나지 못하고 있는 게 현실입니다. 유일한 안전망으로 꼽히는 위치 추적 전자장치는 착용 대상자가 급증하면서 부실 관리가 우려되는 상황이고, 범죄 예방 효과가 검증된 갱생 보호시설과 심리치료도 예산 부족으로 제기능을 못 하는 실정입니다. 성범죄자와의 공존을 피할 수 없다면, 늦었지만 욕하고 멀리하는 것 이상으로 현실적 방안을 마련해야 합니다."

전문가라는 사람의 시답지 않은 이야기가 나오는 TV를 보던 김 사장이 윤발에게 진지하게 질문을 던졌다.

"죽고 싶으면 정말로 죽어줍니까?"

"네에, 이 칼로 주무실 때 목을 통해 머리로 혈액을 공급해주는 오른쪽이나 왼쪽 경동맥을 한 번에 잘라 드릴게요! 잘릴 때만 잠깐 아프고 목숨도 그리 오래 붙어 있지는 않을 거예요, 걱정 마세요! 잘 모셔 드릴게요."

"정말이지요?"

윤발에게 확인받으려는 김 사장의 질문이었다.

"김 사장님이나, 마음 변하면 주무시기 전에 알려 주세요. 깜박하고 주무시다가 죽지 마시고요…."

"그런 일 없으니 걱정 마세요."

둘의 대화를 듣던 덕삼과 동원이 수줍게 손을 들었다. 윤발이 이들을 보면서 욕을 입에 담아 버렸다.

"아니 씨발, 그럼 나는 누가 죽여 줘?"

김 사장이 손가락으로 류 사장을 조용히 가리켰다.

"안 돼, 경험이 전혀 없는데 어떻게 사람을 이런 칼로 죽일 수 있어, 경험 있는 딴 사람이 해 줘야지! 괜히 아프기만 존나 아프고 죽지도 않고 그러다가 징벌 간다고…."

눈을 동그랗게 뜬 류 사장이 대화를 듣다가 끼어들었다.

"야… 농담도 그런 농담은 말아라. 겁난다. 아이고 이런 흉악한 놈들, 농담하는 것하고는 쯧쯧쯧…."

"왜, 재밌잖아!"

윤발은 웃으며 류 사장의 어깨를 툭 하고 밀면서 말을 이었다.

"저렇게 평생 사는 것보다는 죽는 게 낫지 뭐, 안 그래?"

윤발의 눈에 언론은 성폭력 가해자를 사회와 격리시키고

고립시키는 데 앞장서면서 악전고투한 사람들을 영웅들의 용맹한 서사로 부각시키며 정치·정책 책임론을 물타기하기에 바빠 보였다. 이는 국가 주도로 이루어지는 혐오 조장이었고 대규모 인권 유린이었다. 윤발은 헛웃음이 나왔다. 어차피 어느 나라든 모든 국민은 경제 발전으로 인해 세금이 많이 걷히는 경제 선진국부터 지금의 성폭력 가해자처럼 방법은 다르지만 감시받게 될 것이다. 강력범 감시 체계가 마무리되면 의사들 수술실, 그다음은 또 다른 곳을 타깃으로 만들고 이렇게 국민들 모두를 잠재적 범죄자로 만들어 국가가 국민을 감시하는 행태를 정당화할 테니까 말이다.

11시 점심 식사

토요일 오전이 무료하게 지나가고, 점심 식사도 아침과 똑같은 패턴을 유지했다. 다만 다른 점이 있다면 쌀쌀한 날씨에 다들 오랜만에 진짬뽕을 먹기로 합의를 보았다. 이에 덕삼의 얼굴이 붉어졌다. 진짬뽕 라면 2개와 왕뚜껑 라면 3개가 밥상에 올라왔다.

윤발이 물었다. "왜 진짬뽕이 2개야? 다들 진짬뽕 먹는다며?" 말을 마친 윤발이 눈으로 질문을 하듯 사람들 얼굴을 쳐다보았다.

천년 같은 하루하루 지긋지긋하다

다들 침묵하고 있는 사이에 류 사장이 나서서 말을 이었다. "아까 덕삼이 준형이 빌려줬어!" 그리고 돌아서서 덕삼을 쳐다보았다. 무슨 말이라도 해 보라는 뜻이었다.

무기수 김 사장이 얼른 진짬뽕 라면 하나를 자기 앞으로 당기며 이야기했다. "나는 진짬뽕이 맛있어." 하나는 자기 것이니 건들지 말라는 뜻이었다.

동원이 아쉬운 듯 진짬뽕 라면을 윤발 앞으로 밀면서 "형님 드세요" 하면서 왕뚜껑 라면을 자신이 먹겠다고 가져갔다. "됐어, 너 먹어라. 나는 왕뚜껑 먹으련다." 윤발이 라면을 밀쳐내자, 류 사장이 기다렸다는 듯이 라면을 자신의 앞으로 가져가 버렸다. "동원이 먹으라 해!" 윤발이 소리쳤고 그와 동시에 동원이 자기는 괜찮으니 류 사장 먹으라고 양보해 주었다.

SBS TV 뉴스에서는 검찰총장과 법무장관의 진흙탕 싸움이 잠깐 나오고 10시 뉴스가 그대로 반복해서 나왔다. 방 사람들은 이들 싸움엔 별 관심을 보이지 않는다. 다만 검찰 쪽이 잘잘못 상관없이 KO패 했으면 좋겠다고들 생각하고 있을 것이다.

뒤창을 통해 눈부신 햇살이 쏟아져 들어왔다. 윤발은 햇살이 얼굴에 비치는 게 싫어서 김 사장 발끝으로 자리를 옮겨 누웠다. 그저 그런 배식으로 고픈 배를 채운 사람들이 저녁 취침 대형으로 이불도 없이 누워서 자는 둥 마는 둥 뒤척이고 있는데 끝쪽 방에서 사람들이 다투는 소리가 들렸다. 아마도 뭔 게임이나 아무것도 아닌 이야기를 하던 중에 자기들끼리 시비가 붙어서 맞다 틀리다 다투는 것 같았다. 보통은 이런 사소한 다툼이 폭력으로 번지고 결국 징역이 짧은 사람이 잘잘못에 상관없이 징역이 많이 남은 사람을 이기게 되는 경우가 많았다. 소란이 더욱 크게 벌어지나 싶더니 기동순찰대(일명 까마귀) 직원들이 우르르 끝쪽 방을 향해서 달려가는 군홧발 소리가 들렸다. 아마도 폭력 사태가 벌어진 모양이었다.

21방 사람들은 직원들의 심기 상태를 고려해서 누워 있던 자세에서 똑바른 자세를 취하며 앉아야만 했다. 무슨 일 때문인지는 모르지만 괜히 누워 있다가 지적을 받을 필요는 없기 때문이었다. 직원들은 이런 일이 생기면 공연히 트집을 잡고 나서며 공동 책임으로 죄를 묻곤 했다.

천년 같은 하루하루 지긋지긋하다

검정색 건빵 바지에 전투화를 신고 삼단봉과 휴대용 총이 피탈 방지 끈에 매달려 있는 무장 조끼를 입은 기동타격대 여러 명에게 60살쯤 먹어 보이는 노인네 두 명이 젊은 기동 대원에게 뒷목을 붙잡힌 채 등이 밀쳐지면서 끌려가는 모습이 보였다. 검정색 팔각모를 깊이 눌러쓴 CRPT(기동순찰대) 대원들은 하나같이 신장도 크고 덩치도 커서 끌려가는 노인네들 모습이 왜소하고 작아 보였다. 20대 중반쯤 먹어 보이는 앳된 얼굴의 기동대원 한 명이 21방 방문을 군홧발로 쾅쾅 발길질하고는 앞창 창문으로 방을 살펴보는데 깊이 눌러쓴 모자 탓인지 눈은 보이지 않았다. 그 뒤로 평소 안면이 있던 기동대 홍만철 주임의 얼굴이 보였다. 까만 얼굴에 검은 팔각 모자를 깊이 눌러쓴 주임 역시 눈이 보이지는 않았다. "여러분! 우리가 잘해 줄 때 조용한 가운데 휴일을 보낼 수 있도록 합니다. 괜히 소란 피워 봐야 여러분만 손해 봅니다!" 짧은 연설을 끝낸 주임이 옆방으로 옮겨갔다.

"저 사람들, 관용부 원에 사장님들 같은데요?" 동원이 짤막하게 말을 이었다. "사장은 무슨 사장, 나잇살이나 처먹고 빵잡이 영감쟁이 새끼들!" 동원의 말에 윤발이 짜증 섞인 대답을 했다. 토요일 오후 낮잠을 망친 데 대한 불만 섞인 대답이었다.

"개새끼들…" 방 여기저기서 누구에게 하는 말인지 모를 욕지거리가 이어졌다.

14시 커피 타임

"커피 물." 복도에서 임출들이 커피 물 줄 테니 받을 준비를 하라는 소리가 들렸다. 하지만 오전처럼 바닥에 신문을 깔거나 하는 번잡을 떨지 않고, 커피가 먹고 싶은 덕삼만 혼자서 물통에 물을 받아서 싱크대에서 커피를 타서 자신의 자리로 돌아갔다.

앞창 창살 사이로 임시 소지 대호가 21방 신문을 넣어 줬다. 주식을 하는 무기수 덕삼과 김 사장이 보는 한국경제와 매일경제신문이 먼저 들어왔고, 뒤이어 류 사장이 보는 코리

아 타임지와 한겨레신문이, 그리고 동아일보와 한국일보가 차례로 들어왔다. 다들 점심밥을 먹고 웅크려 추위를 피해서 누워 있었고, 막내 동원이 신문을 받아서 앞창 앞에서 신문을 보다가 흥분한 목소리로 개 쌍욕을 해댔다. "이런 개 간나 새끼들, 지들이 점쟁이야 뭐야! 어케 알고 출소자 중에서 재범률이 높은 흉악범을 가려서 별도로 1~10년을 격리 수용한다는 게야?" 웅크려 누워 있던 사람들이 동원의 욕지거리에 반응을 보이며 한 명 두 명 그의 곁으로 모여들었다.

동아일보 신문의 내용은 '살인 및 아동청소년 강간범 같은 흉악범을 별도의 심사를 걸쳐서 재범률이 높은 사람은 최장 10년까지 격리 수용하겠다'라는, 사실상 보호감호법의 부활을 알리는 신문 기사였다. 이 법은 군부 독재 시절에 만들어졌다가, 문민정부에 들어서 위헌 판결을 받았다.

동원은 자신의 곁으로 모여드는 사람들을 보면서 생각에 젖었다. 만약 한국에 오지 않았다면 내 인생은 어떻게 됐을까? 사업을 하시던 아버지가 동업자에게 사기를 당하고 지병으로 돌아가시지 않았다면 내가 한국에 올 이유가 있었을까? 도대체 어디서부터 어긋난 것일까? 한국에서 진학한 고등학교에서 같은 반 녀석들의 따돌림이나 놀림으로 학교를 중퇴하지 않았다면? 아니면 국주를 만나지 않았다면? 어쩌면 이런 생각이 잘못된 것일지도 모른다. 탈북 이전으로 시간을 되돌릴 수 있다면 나는 어떤 선택을 할 수 있었을까? 동원은 신문을 읽다가 지난날을 회상하며 자신이 교도소에 들어오게 된 사건을 떠올렸다.

대화로 풀어 볼 요량으로 동업자 병만이를 사무실 인근 고깃집으로 불렀다. 대화가 통하지 않을지 몰라서 주방에서 사용하는 요리용 칼도 준비를 했지만, 위협용으로만 사용할 것이라고 속으로 다짐을 했다. 운동을 좋아해서 체격이 좋은 병만이를 상대로 이 정도는 보험이라고 스스로 위안을 삼았다. 영양실조를 겪던 병만은 한국에 와서 신체를 많이 발달시켰다.

말이 생각처럼 통하지 않았다. 고향에서부터 알고 지내던 친구에게 금전 문제는 얼마든지 양보할 수 있었다. 하지만 국주만큼은 녀석 같은 놈에게 양보할 수 없었다. 어릴 적 아버지를 따라 중국에 가서 자라다 좋지 못한 일로 양부모 밑에서 자란 국주를 아끼고 보살펴 주고 싶었다. 그래서 살림을 합치고 혼인신고를 했다. 피붙이 한 명 없는 낯선 곳에서 이제부터 서로가 서로의 법적 보호자가 된 것이다.

병만과도 사무실을 합치며 법적으로 사업 동반자가 되었다. 우리는 셋이서 많은 시간을 함께 보냈다. 일 때문에 동원의 빈자리가 생기면 국주는 병만과 시간을 함께했다. 병만이 국주의 묵인 속에서 다른 주머니를 만들었다는 걸 알게 되었다. 국주가 병만을 보면서 웃는 시간이 나를 보고 웃는 시간보다 많아졌다. 가슴이 답답하고 먹먹해져 왔다.

고향 친구 병만에게 마음속 이야기를 꺼내며 헤어질 것을 요구했다. 사업도, 국주도, 내게서도. 하지만 병만은 입술 끝을 올리며 비열한 웃음을 보이며 이야기를 건넸다.

"싫어…"

이 한마디에 동원은 위협용으로 가지고 간 부엌칼로 그의 몸을 수십 번 갈랐다. 칼을 휘두르는 손에 강한 느낌이 전해졌다. 그와 동시에 칼이 뼈에 부딪히는 소리가 딱 하고 귀에 들렸다. 그때서야 자신이 무슨 행동을 했는지 알게 되었다. 동원은 그 자리에 주저앉아 스물네 살에 목숨이 끊어진 병만의 모습을 경찰이 올 때까지 지켜보았다. 그리고 국주와 국주의 몸, 그녀의 냄새와 살결, 관절의 움직임을 떠올렸다. 머릿속 뇌가 이미 동원의 의도를 알고 도파민을 뿜어대고 있는지 분노가 조금씩 누그러졌다. 그러자 어제까지만 해도 있을 수 없는 일, 말도 안 되는 짓이라고 생각했던 자신의 행동이 마치 세상을 향한 통렬한 복수처럼 느껴지며 스멀스멀 다가와 하얀 구름 속에 자신을 가두었다.

자강도에서 나고 자란 동원과 병만은 열한 살에 가족과 함께 무산으로 이주해 살다가, 열두 살에 자강도에서 압록강을 건넜다. 동원과 병만은 걸어가면서 자꾸만 뒤를 돌아보았다. 그동안 살아온 정다운 우리 동네를 머릿속에 똑똑히 새겨두려는 것이었다. 다시는 돌아가지 못할 줄은 그때는 몰랐다. 동원과 병만은 큰길을 피해 오솔길을 통해서 강변으로 나아갔다. 경비초소의 위치를 미리 파악한 상태였고 강폭이 좁고 얕은 장소도 아주 잘 알고 있었다. 강물이 차갑기는 했지만 별로 고생은 하지 않았다. 강 맞은편 중국 땅에 도착한 동원은 강기슭 언저리에 버려져 있는 여자들 속옷들과 옷가지들을 보고 가슴이 메어져 왔다.

어느 날 아침에 일어나 보니 큰누나인 미이 누나가 보이지 않았다. 엄마는 그런 상황을 예상이라도 했다는 듯 말했다. "미이 년, 강 건너 중국으로 간다더니 기필코 떠나 버리고 말았다. 저도 생각할 나이가 되었으니 어디 가서든 제 입에 풀칠이야 할 수 있겠지" 하시며 한숨을 쉬셨다.

동원은 누군가의 큰누나 또는 딸이 남기고 떠난 옷가지들이 북에서의 마지막 흔적이라고 생각하니 너무도 슬펐다. 이곳에서 중국 옷으로 갈아입은 여자들은 중국인이 몰고 온 차에 태워져 떠났을 것이다. 동원과 병만은 배가 고파서 강을 건너기로 다짐했지만, 동원은 중국에 가면 누나를 만날 수 있을지도 모른다는 기대감 같은 게 있었다.

산 계곡을 타고 휘몰아쳐 오는 바람에 냉기가 가슴속 깊숙이 파고들었다. 이들은 밤이 깊을 때까지 쉬지 않고 걸었다. 어둠 속에서 불빛 한 점 보이지 않았다. 이곳이 그 유명한 만주 벌판이라는 사실을 나중에야 알게 되었다. 아무것도 먹지 못하고 3일을 걸었다. 아주 가끔 나타나는 인가를 피해서 숲속 길을 택해 걸었다. 밭에는 썩어서 수확하지 않은 무가 즐비하게 널려 있었다. 배가 고픈 동원과 병만은 허겁지겁 무를 먹었고, 몸이 약한 병만이 눈 흰자위를 드러내며 입에 거품을 물었다. 동원은 오던 길을 되돌아 뛰었다. 신고의 위협을 무릅쓰고 피해서 지나쳐 온 인가에 도움을 요청했다.

한참 만에 돌아온 동원이 주검으로 변해가는 친구를 위해 구해온 약을 입속에 넣어주었다. 싸늘히 식어 가는 친구의 온몸을 주물러 주면서 눈물을 흘렸다.

"병만아, 병만아! 우리 같이 돈 많이 벌어서 고향으로 돌아가자, 친구야!"

아침 여명이 밝아왔다. 죽은 줄 알았던 병만이 추운지 몸을 부들부들 떨며 동원을 찾아서 끌어안았다. 동원은 어제 저녁에 약과 같이 얻어 온 한 줌의 하얀 쌀밥을 혼자 먹지 않고 남겨 두었다가 병만이 일어나자 반반 나누어 먹으며 미소를 보였다.

"꼭꼭 씹어 먹어, 친구야!"

그랬던 친구가 자신의 눈앞에 자신의 손에 의해 처참하게 무너져 내린 모습으로 죽어 있었다. 아이러니하게도 친구의 죽음에 가장 슬퍼해 줄 사람은 동원뿐이었다.

"너와 나는 배고픔만 해결하고, 나는 누나까지만 만나는 게 꿈이었는데! 어쩌다가 이렇게 됐는지 모르겠다. 미안하다 친구야!"

천년 같은 하루하루 지긋지긋하다

대중매체에서 얻은
지식으로 하는 토론

TV 뉴스에서는 코로나19 바이러스 확산으로 수도권의 방역 단계를 3단계로 격상하는 논의가 국무총리 주재로 열리고 있다는 앵커의 음성이 나오고 있었지만 방 사람들은 아무도 신경 쓰지 않았다. 잠시 후 조두순의 출소를 알리는 뉴스 아나운서 음성에 방 안은 순간적으로 고요에 잠기게 되었다. 화면에는 조두순의 출소를 반대하는 집회가 열리고 있었고, 일부 유튜버들은 과격한 행동으로 조두순이 탑승한 차량으로 의심되는 차량에 폭력을 가하고 있었다. 사실

신문 기사 내용도 조두순 출소에 맞추어 정치인들이 보여주기 식 정치 행정을 그대로 옮겨 놓은 것에 불과해 보였다. 사람들은 저마다 한마디씩 해댔다. 정치적, 종교적 이야기는 금기시하면서 논쟁거리를 만들지 않던 사람들이 언젠가 신문이나 잡지에서, 아니면 자신이 속한 학과 강의에서 들었던 이야기를 마치 자신의 생각인 양 말하기 시작했다.

바닥을 꾸물꾸물 기어 오며 습관인 긴 한숨을 쉬어대는 김 사장이 동원이 읽고 있는 신문을 앞으로 당겨서 읽기 좋은 방향을 만들었다. 동원 역시 김 사장이 읽기 좋도록 신문 방향을 틀어 주면서 자신이 읽던 기사 위치를 손으로 친절하게 짚어 주었다.

"여기요, 여기 좀 보세요!"

삭발 머리에 긴 얼굴엔 수두를 앓아 생긴 곰보 흔적이 여럿 보였다. 두꺼운 압축 렌즈 안경을 쓴 김 사장의 모습에서 외골수 모습을 느낄 수 있었다. 그는 평소에 말을 잘하지 않지만 습관적으로 자신이 누군가에게 피해를 당하고 있다고 생각하면서 주변의 동의를 구했다. 하지만 사람들은 그런 김 사장의 피해 의식에 수긍은 고사하고 대꾸조차 해 주지 않았다. 동원과 생각이 통하기 전까지는…. 신문을 천천히 꼼꼼하게 읽은 김 사장이 습관인 긴 한숨을 쉬면서 이야기를 꺼냈다. "후우…. 한국 사회의 범죄는 사실 상대적으로 심각하지가 않은데, 그걸 모르시는 사람들도 많이 있어요. 한국하고 비슷한 규모로 경제성장을 한 나라들하고 비교를 해 보면 상대적으로 굉장히 안전한 나라라는 걸 알게 돼요. 한국은 치안이 잘 유지되고 있고, 범죄율도 그렇게 높지가 않고, 그런데 왜 자꾸 이런 기사를 실어서 이목을 끄는지 모르겠어요." 사실 김 사장도 이런 기사가 왜 신문에 실려 이목을 끄는지 자신만의 생각이 있었지만 다른 사람의 동의를 얻기 위한 밑밥이었다.

덕삼은 평소에 언쟁의 소지가 있든 없든 간에 사람들과 말을 섞지 않는 것이 분쟁을 최소화할 수 있는 길이라고 생각했다. 하지만 이번엔 김 사장의 발언에 동의의 의사를 표현했다. 인간에게 큰 고민거리는 인간이었다. 인간은 참으로 알다가도 모를 존재였다. 이런가 싶으면 저렇고, 저런가 싶으면 이렇다. 인간에 대해 생각하다 보면 '열 길 물속은 알아도 한 길 사람 속을 모른다'라는 속담에 정말이지 무릎을 치게 된다. 김 사장이 그런 사람이었다. 아무 말 않고 있다가 갑작스럽게 화를 내면서 짜증을 부린다. 수시로 한숨을 쉬면서 뭔가 마음에 맞지 않는다는 걸 표현하려 하지만 물어보면 "아니 됐어요!"라며 말을 얼버무리고 만다. 이런 일은 비단 김 사장만의 일은 아니리라 생각하면서 사람들과 말을 섞지 않던 덕삼도 이번에는 그냥 있을 수는 없었다.

"어떻게 본다면 우리 사회는 조금조금씩 좀 더 안전한 사회로 가고 있어요. 하지만 국민들은 왜 더 불안해하는가? 이런 것들이 저는 대중매체에서 만들어 내는 일종의 상업주의적인 공포심이 아닌가, 그렇게 생각하고 있습니다. 실제로 국민들은 객관적으로 위험을 보지 않고 극히 주관적으로 위험성이 훨씬 높다고 보고 있는 것이죠."

직업 군인으로 11년차 복무 중에 사고가 터졌다. 같은 부대에 근무하던 여군 중사와 동거 중에 생긴 사건으로 1심에서 15년형을 선고받고 검찰의 부대 항소에서 무기징역으로 올려치기를 받았다. 군 국선 변호사가 1심과 2심에서 자신을 위해 변론했지만, 아무런 도움도 되지 못했다. 도움은커

녕 군 검찰과 군에서 보내준 국선 변호인이 덕삼을 이중으로 신문한 셈이었다.

반성한다는 마음으로 자신의 변호에 소홀했던 덕삼은 징역을 14년 살면서 깨닫게 되었다. 자신이 반성하고 사과해야 하는 상대는 피해자가 맞지만 법조계 인사들이 원하는 변호(사선)인을 통해 자신이 지은 죄만큼만 죗값을 치르게 해달라고 선처를 구했어야 된다는 것을. 군 판사, 검사, 변호인은 나중에 변호사가 될 사람이란 걸 생각하지 못했다. 그걸 미리 알았다고 해도 사선 변호인 도움은 받지 못했을 것이다. 이런 종류의 변호 비용은 일반 사람들이 선뜻 쉽게 상용할 수 있는 금액이 아니었기 때문이었다.

그래서 사회가 조금씩 안전해진다고 생각했다. 돈 없는 사람은 잠재적 범죄자였고 이들은 교도소에서 아주 오랫동안 판사들의 주관적 판단으로 나올 수 없게 될 테니까.

이들의 말을 듣던 류 사장은 한심하다는 생각이 들었다. 자신은 이들과 다른 사람이고, 다른 세계의 사람이라고 생각하면서 스스로 위안을 삼았다. 자신이 바깥에서 일할 때

제아무리 못난 직원도 이들 중에서 제일 잘난 놈보다는 낫다고 생각했고, 그런 직원들을 지휘 감독했던 사람이 바로 자기였는데 이놈들은 한결같이 자기를 무시하고 있었다. 하지만 밖으로 표현은 하지 않았다. 목적을 가지고 들어온 교도소였기에 7년간의 징역 생활은 쥐죽은 듯 이들과 어울려 사는 것이 맞다고 알려 주고 있기 때문이었다. 이들을 최대한 무시하지 않고 조롱하지 않으려 하는데 쉽지가 않다.

류 사장은 범죄의 본성을 생각해 본 적이 있었다. 범죄의 본성을 논의하다 보면 인간에 대한 가장 기본적인 규정이 나오게 된다. 인간은 동물이긴 한데 동물 중에서도 이성적인 동물이라는 것이다. 고대 그리스 철학자들은 인간이 인간인 이유는 이성적으로 사고하고 행동하기 때문이라고 보았다. 인간을 인간이게 하는 것은 이성이라는 것이다. 이성과 욕망이 충돌할 때 인간은 이성에 따르는가, 욕망에 따르는가? 이성과 욕망이 충돌할 때 이성에 따르는 사람은 타인에게 피해를 끼치지 않게 되고 욕망에 따르는 사람은 타인에게 피해를 끼치게 되는 경우가 많았다. 이성이라고 하는 것은 타인의 욕망과 자신의 욕망을 조화시키기 위해서 발동

되는 것이기 때문이다.

그런데 인간의 이성은 자신의 욕망을 사후적으로 정당화하는 데 사용되는 경우가 많은 것도 사실이었다. 우리는 다른 사람의 자기 정당화에 놀라게 되는 경우가 많았다. 어쩌면 그렇게 자신은 되고 남은 안 된다고 생각하는지! 정말이지 '내가 하면 로맨스, 남이 하면 불륜'이라는 말이 괜히 있는 것이 아니다 싶었다. 그런데 '내가 하는 것이 내 눈에는 로맨스인데 남이 보기에는 추문일 수 있고, 남이 하는 것이 그 사람에게 남인 나에게 추문인데 당사자인 그 사람에게는 로맨스일 수 있구나' 하는 이성적인 인식이 가능하다는 것도 사실이었다. 인간은 이성적 존재인가, 욕망하는 존재인가를 생각하게 된다. 류 사장은 이런 의미에서 자신의 생각을 이들에게 알려 주고 싶어졌다.

"실제적인 범죄의 수준하고 사람들이 느끼는 범죄 수준하고는 다르지요. 그러니까 범죄에 대한 두려움이라는 건 실질적인 것이라기보다는 부풀려진 면이 좀 많이 있어요. 근데 범죄에 대한 두려움을 부풀리는 데 가장 큰 역할을 하는 것이 바로 언론이라는 거죠. 그러니까 언론이 범죄 문제를 아주 객관적으로, 또 아주 이성적으로 접근을 해야 되는데 굉장히 감성적으로 범죄 문제에 대해 접근을 하고 그것을 감성적으로 해결하려고 하는 데에서 큰 문제가 생기고 있죠."

류 사장은 검게 그을린 얼굴에 쓰인 안경을 고쳐 쓰는 척 눈을 이리저리 굴려서 사람들의 반응을 살펴보았다. 반응이 그리 나빠 보이지는 않았다.

류 사장의 말을 듣고 잇던 김 사장이 방바닥을 손바닥으로 치면서 류 사장을 따라서 안경을 고쳐 쓰고 맞다며 다시 말을 이었다. "범죄라고 하는 게 굉장히 극적인 요소 같은 걸 갖고 있잖아요. 이게 보통 흔히 벌어지는 일이 아니잖아요. 물론 사소한 절도, 폭행 이런 건 일상에서 벌어지는 범죄라고 볼 수 있습니다. 뭐 살인 사건이라든지, 끔찍한 강도 사건이라든지 이런 건 사실 굉장히 드물잖아요? 근데 언론은 그런 걸 주로 다루죠. 언론의 속성이 이런 것 아니겠습니까."

평소에도 별로 말이 없지만 특히 김 사장과 말을 섞지 않던 덕삼이 "제 생각은요"라면서 뒤이어 말을 이었다. "첫 번째로 우리가 신경 써야 될 부분이 대중매체에서 범죄를 다루는 방식입니다. 범죄 자체가 어떤 특정 개인의, 소위 말하는 어떤 사회가 만들어 낸 괴물이, 특정 대인들이 저지르는, 그들이 갖고 있는, 우리가 이해할 수 없는 어떤 이상한 원인에 의해서 범죄를 저지르는 것으로 그렇게 자꾸 해석을 하다 보면 사람들의 공포심이 더 가중될 수밖에 없는 것이죠. 그래서 대중매체가 어떤 그 사이코패스 담론이라든지, 이런 것들에 지나치게 몰입해서 그런 콘텐츠들을 국민들에게 전달하는 것은 불필요한 공포심을 유발하는 주요한 원인이 아닌가 싶어요."

윤발은 이들의 이야기를 듣다가 언뜻 지나치듯 읽은 신문 기사가 머릿속에 떠올랐다. 경향신문 2016년 11월 16일 자에 실린 보도였는데, 내용은 '미디어가 보도하는 뉴스는 호기심을 자극할 만한 요소들로 과장된다. 때문에 편향되고 선정적 보도에 노출된 대중들은 범죄 형상에 대해 왜곡된 인식을 갖게 된다. 그래서 이웃을 믿을 수 없게 되고 대낮에도 문단속을 해야 하며 밤늦게 귀가할 때도 누군가 나의 일상과 행복과 안전을 침해할 수도 있다는 공포와 두려움에 빠지게 되는 것이다'라는 기사였다.

윤발은 머릿속 생각을 정리하면서 덕삼의 음흉한 얼굴을 쳐다보았다. 평소에는 아무것도 듣지 않는 척 아무것도 모르는 척하면서 결정적인 순간에는 다 알고 있으면서 모른 척했다는 걸 드러내는 스타일의 사람이었다. 반삭 머리에 검게 그을린 얼굴엔 눈동자만 빠르게 움직이고 있었다. '빵잡이 같으니라고!' 윤발의 속마음이었다.

덕삼의 말을 듣던 김 사장이 다시 말을 이어받았다. "현대 사회를 공포 사회, 뭐 이렇게 얘기하잖아요. 정체를 알 수 없는 그런 불안, 공포 같은 것들이 있는데 이것을 말하자면 은연중에 이런 것이 범죄 때문이라고 하는 생각을 퍼뜨리는 역할을 언론이 할 수 있죠. 범죄와 관련해서 보면 현대인들이, 한국 사회도 마찬가지고요, 느끼는 불안의 가장 큰 이유는 경제적인 것이고 우리나라로 치면 예컨대 비정규직이라든지 실업 문제 같은 게 심각하잖아요. 청년실업 같은 거. 이런 기본적인 삶의 문제가 해결이 안 되기 때문에 일상이 불안하죠. 언제 해고될지 모른다, 미래가 너무 어둡다. 그래서 사람들이 생활하기가 불안합니다. 이런 것이 불안의 원인인데, 이걸 정확하게 이해를 해야 되는데 그게 아니고 우리 사회는 범죄가 너무 많다, 끔찍한 사건이 언제 발생할지 모른다. 이게 불안의 이유라고 착각을 하게 만드는 거죠, 언론이."

이렇게 말한 김 사장은 OECD 대비 한국의 주요 악성 지표를 조목조목 이야기했다. "정부 신뢰도는 OECD 평균의 절반 정도이고요, 노인 빈곤율은 OECD 평균의 3배가 넘어요. 그리고 자살률도 OECD 평균의 2배가 넘고요, GDP 대비 복지 지출 비중도 OECD 평균의 절반밖에 되지가 않습니다."

김 사장 주장에 동의하듯 덕삼의 대답이 이어졌다. "범죄의 원인을 우리가 이야기할 때 개인적 차원에서 바라보는 경향들이 많습니다. 즉, 범죄를 저지르는 것은 어떤 개인이 가지고 있는 특이한 성향, 우리가 범죄성이라 부르는 그런 특이한 성향을 가진 사람들이 범죄를 저지른다, 그렇게 보는데요. 실제로 우리가 사회학적 차원에서 바라본다면 그것이 일부분밖에 설명할 수 없다는 것이죠. 사람들은 사회라는 공간 속에서 살아가는 것이고, 그 사회적 환경에 영향을 받을 수밖에 없는 것입니다. 예를 들어 온두라스라는 나라가 전 세계에서 살인율이 가장 높은 나라로 알려져 있습니다. 우리나라에 비해서 한 40배 정도 살인율이 높은데, 그렇다면 온두라스에 사는 국민들이 대한민국 국민보다 범죄성이 40배 높은가, 그것은 아니라는 것이죠."

덕삼은 그러면서 언젠가 자기가 읽은 신문 기사(2012년 9월 1일 자 동아일보)를 이야기해 주었다. "우리나라에서 범죄 사건 보도는 강력 범죄를 저지른 범죄자를 일반 시민과 구별 지어 그들을 사회적 변종 내지 괴물로 인식하게 만듭니다. 특히 사이코패스 논쟁은 범죄 문제를 일부 일탈자에 의한 극단적 행동에 기인한 것으로 만드는 대표적 사례죠."

덕삼의 이야기를 듣고 있던 동원이 어린 얼굴을 내밀며 이야기에 끼어들었다. "우리나라에서 제일 많이 쓰이는 범죄

이론 중 하나가 싸이코패스 이론입니다. 그러니까 그건 그 범죄자 자체가 정신병을 앓고 있다, 이 말입니다. 사이코패스라는 건 일종의 정신이 이상하다는 거거든요. 정신이 병리적인 상태다, 그 정신 병리적인 상태의 사이코패스가 가장 큰 문제라고 규정을 하고 있는 거예요. 사실상 사이코패스가 양산되고 있다면, 다른 사회에서는 사이코패스가 나오지 않는데 어떤 특정 사회에서 사이코패스가 많이 나온다면 그 사회에 문제가 있는 거라고 볼 수 있겠죠."

윤발은 자기주장을 크게 내세우지 않았고, 그 틈에 어린 동원과 김 사장, 덕삼이 나서서 이런저런 의견을 내놓고 관철시키고 있었다. 그 재미에 이들의 목소리가 점점 커져 갔지만, 윤발이 끼어들어 자신의 의견도 내놓기 시작했다.

윤발은 인간이 인간답게 살기 위해 마땅히 누려야 할 자유와 권리를 위해 인권이 소외당하는 현실에 침묵해 왔었다는 걸 알게 되었다. 어디까지가 우리가 인간답게 살기 위한 인권이고 어디까지가 법질서를 위한 통제인지 알지 못했기 때문이었다.

교도소에서 방통대 공부를 시작하면서 이제는 알게 되었다. 국가가 국민에게 휘두르는 모든 폭력은 억압과 통제이지, 법질서를 지키기 위한 수단이 될 수 없다는 것을.

많은 사람들의 연대와 노력이 있어 많은 이들이 억압과 통제, 그리고 차별에 저항할 수 있었다. 윤발은 이들과 연대해서 인권의 외연을 확장하고 지평을 넓히는 일에도 앞장서야 한다고 생각하게 되었다. 문제는 좋은 습관이 들지 않은 사람들이지만, 답이 없다. 이들에게는 무엇이 고귀하고 진정한 즐거움을 주는 것인지 그 개념조차 없는데, 그 이유는 이들이 이런 것들을 맛보지 못했기 때문이라는 생각이 들었기 때문이다.

"사실은 어떤 정신 질환조차도 사회마다 발현되는 비율이 다르고, 어떤 특성을 가진 사람들이 그 사회 안에서 어떤 식으로 함께 살아갈 수 있는가 하는 건 굉장히 양상이 다르기 때문에 범죄 문제를 개인적인 문제로 보는 것은 아무런 실익이 없다고 생각을 합니다. 그러니까 그 개인적인 문제라고 하더라도 그게 문제로서 사회적으로 터져 나왔을 때는

천년 같은 하루하루 지긋지긋하다

언제나 사회적인 성격을 가지고 있는 것이고요, 사실 그게 정말 개인의 일탈이었다고 그러면 사회적으로 논쟁거리가 되거나 듣는 사람들이 들으면서 공포를 느끼거나 충격을 받지도 않겠죠. 그건 정말 우리가 길 가다가 있을 수 있는 단순히 재수 없는 일로 생각할 수 있는 그런 거라고 하면 사람들이 그렇게까지 공포를 느끼지 않을 텐데요, 사실은 강남역 살인 사건 같은 것도 여성들이 그렇게까지 반응을 했던 것은 누구나 겪을 수 있다, 나도 겪을 수 있다 하는 것이 그만큼 사회적으로 공감대를 여성들 사이에서 이끌어냈다는 것입니다."

윤발 역시 지나치듯 읽은 신문 기사 이야기를 꺼내서 자기주장의 근거로 삼았다. "2016년 5월 19일 자 JTBC '뉴스룸'에서 평소 여성에게 피해를 받는다는 느낌을 가지고 있었다고 진술한 것으로 알려졌습니다. 여성이 신체적으로나 사회적으로 자신보다 약자여야 하는데 그렇지 않다고 느꼈다는 것입니다. 2016년 5월 18일 자 동아일보를 보면 2016년 5월 발생한 강남역 살인 사건은 일상적 공간에서조차 우리의 삶이 결코 범죄로부터 안전하지 않다는 사실로 거센 공분을 불러왔습니다. 묻지마 범죄를 저지른 범인이 조현병을 앓았다는 언론 보도 이후 정신 질환자는 잠재적 범죄자라는 공포감도 조성됐습니다."

윤발의 눈에는 국가의 통제권 행사는 무능한 아버지가 어린 자녀들에게 술에 취해서 가르치지도 않은 학습 능력과 인성을 나무라며 호되게 꾸짖고 마구 때려도 되는 모습처럼 보였다. 이를 보면서 그 아버지만의 양육 방식이라고 말할 사람은 없을 것이다. 아마도 다들 입을 모아 자녀 학대라고 하지 않을까 생각이 들었다. 형량 증가로 범죄에 대처하는 지금의 정부가 그래 보였다.

덕삼은 자신의 동생이 지체장애를 가지고 있다는 사실을 아무에게도 이야기하지 않았다. 동생의 이야기를 들은 사람들 중 많은 사람들이 조현병 환자와 지체장애자를 구분하지 못하기도 했지만 그런 이유와 상관없이 잠재적 범죄자로 느낀다는 인상을 받았기 때문이었다. 덕삼이 생각하는 조현병 환자에 대한 감정은 이런 이유로 다른 사람들과는 약간 다르게 느껴졌다.

"조현병 환자들과, 또 조현병을 앓지 않는 일반인들과 비교를 했을 때 누구는 폭력 범죄를 저지르고, 누구는 그렇지 않은가 비교했을 때를 보면 원인 자체가 똑같습니다. 대표적인 이유가 가정불화, 그다음에 경제적인 어려움, 이것이 대표적인 공통적인 요인이거든요. 그러니까 다시 말한다면 조현병 환자도 이런 가정의 불화, 경제적인 어려움 같은 것이 없다면 그가 가지고 있는 정신 질환이 폭력적인 형태로 나타나지 않는다는 것이죠. 즉, 그 조현병 자체도 관리의 영역이라는 것입니다. 그것이 복지적 차원에서 국가와 사회가 그 병증을 잘 관리만 해 줄 수 있다면 그것이 폭력 범죄화되지 않을 것이다. 그런 차원에서 벗어난, 개인의 밖에 존재하는, 그리고 사회 속에 내재되어 있는 그런 개인에게 영향을 끊임없이 미쳐서 개인으로 하여금 범죄를 일으키도록 만드는 그런 요인들이 있습니다. 그 요인들로 대표적인 것이 경제적 불평등, 양극화, 물질만능주의 이런 것들이 대표적으로 사회 속에서 개인으로 하여금 범죄를 저지르도록 영향을 미치는 그런 요인들이라고 생각합니다."

동원이 덕삼의 주장을 뒷받침하고 보충 설명하듯이 이야기를 이었다. "머튼[3]이라는 사람이 무슨 얘길 했냐면 이 사회에 범죄가 일어나는 가장 큰 원인은 아노미라는 얘길 했습니다. '아노미라는 것은 어떤 문화적 목표와 제도화된 수단 간의 괴리'라고 이야기했어요. 그는 범죄나 테러가 아노미(anomie)의 결과물이라고 표현합니다. 그는 누구나 성공을 갈망하지만 현실적으로 오직 일부의 사람들에게만 합법적인 성공의 기회가 허용되는 사회구조 때문에 모순적인 상황이 발생한다고 말합니다. 이런 '아노미적' 상황 속에서 낮은 사회·경제적 지위로 인하여 성공을 하지 못한다는 사실을 인식한 사람들은 불법적 방법을 통해서라도 물질적 성공을 추구하게 된다는 것입니다. 머튼이 보기에 미국 사회가 가장 가치 있게 여기는 건 돈 버는 거라고 생각했어요. 경제적인 부를 축적하는 것, 근데 사실상 경제적인 부를 축적하려면 어떤 합법적인 기회가 있어야 된다는 거죠. 근데 합법적인 기회라는 것이 모든 사람들한테 있는 것이 아니고, 어

---

3)   로버트 K. 머튼(1910~2003), 미국의 과학·사회학자.

떤 사회구조 내의 위치에 따라서, 그러니까 어떤 경제적인 수단 또는 생산 수단이랄까요. 아니면 교육이라든가, 아니면 정치적인 권력이라든가 이런 수단이 있는 사람들은 쉽게 부를 축적할 수 있겠지만 이 사회적인 구조 내에서 열악한 위치에 있는 사람들은 합법적인 수단을 가지고서는 도저히 부를 축적할 수 없다는 거죠."

덕삼이 뒤이어 동원의 발언에 힘을 실어 주듯 이야기를 받아 주었다. "그런 사람들은 자신들도 계속 성공 신화에 참여하고 싶지만 그렇게 되지 못하고, 소외되고, 기회가 박탈당하는 경우에 불법적인 방법을 통해서 그런 것들을 성취하고 싶어 하는 그런 경향들이 강하게 되는데, 그것들이 마음속에 폭력성을 계속 만들어 내게 되는 것이고 그것이 사회 구성원들, 타자들을 대상으로 해서 폭력적인 형태의 행위들이 발생하게 되는 것입니다."

고개를 끄덕인 김 사장도 이들의 말에 동의하듯 긴 한숨을 쉬고는 이들의 이야기를 받아 주었다. "후우…. 삶의 문제라고 하는 건, 결국 저는 본질적으로 경제적인 문제라고 생각해요. 여기에서 오는 문제들이 여러 가지 다른 문제로 나타나고 파생돼서 나타난다, 이렇게 생각하는데요. 그걸 얘기하는 범죄 이론 중에 하나가 긴장을 강조하는 이론입니다. 긴장, 그러니까 사람들이 살면서 긴장을 느끼잖아요. 근데 현대 사회에서는 긴장이 거의 일상화되고 굉장히 수준이 높잖아요. 긴장의 높은 수준이, 이런 긴장들이 범죄성으로 폭발하지 않았나 생각이 듭니다."

다시 덕삼이 자신이 싫어하는 스타일의 김 사장 주장에 힘을 실어 주듯 이야기를 이었다. "사회생활을 하다 보면 긴장이 발생하지 않을 수가 없습니다. 사람들과의 경쟁 관계 속에서 사회생활 속, 공적 영역 속에서 긴장이 계속 발생하는데 그 긴장이 가정이라는 사적 영역으로 와서 그것이 해소가 돼야 하는 것이죠. 친밀한 사람들을 만나면서 긴장을 자연스럽게 해소하는 것이 가정이라는 제도가 해야 될 중요한 역할인데, 가정에 돌아가도 경제 논리가 여전히 많이 있습니다. 가족 구성원을 어떻게 본다면 그 가정 경제를 운영하기 위해서 구성원들이 끊임없이 활동하는 것이죠. 남편들은 회사에서 야근까지 해 가면서 끊임없이 생산 활동에 참여를 해야 되는 것이고, 또 자녀들도 대학이라는 목표를 가지고, 그 대학이라는 게 결국에 궁극적으로 취업과 연결되는 것이 아닙니까? 그렇게 본다면 큰 의미에서 보면 그 자체도 대학을 가기 위한 학업 활동도 경제 논리가 지배할 수밖에 없는 것이죠. 그래서 가족 구성원들이 가정에 돌아가도 사실상 사회생활 속에서 발생하는 긴장을 해소하는 그런 경험을 제대로 하지 못한다고 보이네요."

평소 눈치만 빠한 놈이라고 생각했던 덕삼이 웬일인지 오늘은 맞는 말만 한다는 생각이 들었다. 김 사장은 다시 덕삼의 발언에 자신의 주장을 얹으며 수긍의 의사를 나타냈다. "이유가 뭐든 간에 범죄와 관련해서 얘기할 때는 긴장이 높아지면 인간이 여러 가지 부정적인 감정을 느낀다는 거예요. 그래서 여러 가지 부정적인 감정, 슬픔, 우울, 분노 뭐 이런 걸 느끼는데 범죄와 관련해서 제일 주목하는 것은 분노입니다, 분노. 사람이 분노의 감정을 느낄 때 이것이 폭력적인 행동으로 나타날 수 있는거죠. 가능성이 높은 거예요. 이게 범죄로 나타날 수 있는 거죠. 공격적인 행동으로 말이죠."

김 사장의 동의를 받은 덕삼이 마른침을 꿀꺽 삼킨 후에 작은 눈을 크게 뜨고 주변을 살핀 후 말을 이었다. "실제로 우리나라에 전반적인 폭력 범죄가 증가하고 있지는 않지만, 그 내용적인 차원에서 보면 우발적 범죄는 실제로 급증하고 있는 것이 사실입니다. 즉, 범죄의 동기가 무엇이냐, 범행의 동기가 무엇이냐 할 때 울분에 의해서 우발적으로 저지르는 그런 원인이 있는데, 그것이 차지하는 비중 자체가 점점 증가하고 있는 거죠. 전체적인 폭력 범죄 자체는 증가하지 않지만, 그 안의 내용적인 측면에서 본다면 우발적 성향의 범죄들이 실제로 많이 발생하고 있는 것은 사실입니다."

윤발은 덕삼의 이야기를 듣다가 의문이 생겼다. 울분에 의한 우발적 폭력(강력) 범죄 사건이 증가한다고 하지만 막상 교도소에서는 우발적 폭력(강력) 범죄 피의자들을 쉽게 찾아볼 수는 없었다.

천년 같은 하루하루 지긋지긋하다

아마도 이들은 경찰이나 검찰 조사 과정을 통해서 우발적 범죄가 예고된 계획범죄로 바뀌었을 것이다. 수사기관 조사관들은 오랜 기간 동안 경험을 쌓으며 범죄자들을 어떻게 하면 자신이 의도하는 방향으로 이끌면서 인사고과 가산점을 얼마 받지 못하는 단순 우발적 범죄를 좀 더 많은 인사고과 점수를 받을 수 있는 계획범죄로 바꿀 수 있는지 터득했을 것이다. 특히 변호사도 없이 국선 변호인에게 2중 심문을 받으면서 자신의 죄를 뉘우치고 반성하는 태도를 보이고 있다면 말이다. 세 살 먹은 어린이를 아무도 없는 구석에 몰아넣고 울지 못하게 하면서 어르고 달래며 자기들 마음대로 가지고 노는 것보다 훨씬 쉬웠을 것이다. 나름 거칠게 살면서 구속이 처음도 아닌 윤발도 그랬으니 말이다.

세상에는 정의로운 인간이란 없다. 아직 더러운 유혹을 받지 못한 인간이 있을 뿐이다. 자신에게 절박한 비극적 슬픔이 다른 사람에게는 우스꽝스런 코미디로 변해 가는 과정을 지켜보면서 아픔을 겪게 되리라는 것을 알게 될 때, 마치 동물원에 갇힌 동물을 연구하는 학자들이 동물들의 행동을 무심하게 내려다보듯 이들의 일과를 놀이하듯 지켜보는 사람들을 만나게 된다면.

무기수 김 사장이 또다시 무기수 덕삼의 주장에 힘을 실어 주었다. "긴장이 높아져서 분노가 폭발할 때 사람이 두가지의 반응을 보일 수가 있는데, 하나는 상대방을 공격하는 것이고요. 또 하나는 자기 자신을 공격하는 것입니다. 내면을 공격하는 거죠. 이게 극단적으로 나타나면 자살이 된다는 거예요. 그러니까 한국이 범죄율이 낮다, 이것을 한국의 긴장 수준이 낮다, 이렇게 얘기할 수는 없다는 거죠. 긴장 수준은 높은데 범죄율은 낮습니다. 그럼 뭔가 문제가 있는 거예요. 이 문제가 어디로 나타나느냐, 저는 자살이라고 생각합니다."

윤발은 김 사장의 이야기를 듣다가 뭔가에 타악 머리를 얻어맞는 느낌을 받았다. 자살 파괴의 원인이 내부가 아닌 외부에 있다는 걸 경험으로 알고는 있었지만 김 사장처럼 말로 표현할 방법을 찾지 못했다. '자살의 경우도 파괴의 원인은 외부에 있다.' 겉보기에는 자신의 손으로 자신의 목숨을

천년 같은 하루하루 지긋지긋하다

끊는 듯 보이지만 실제로는 외부의 어떤 요인이 그 사람의 손을 움직여 목숨을 끊도록 강제했다는 것이다. 자살이라고 보이더라도 실제로는 사회적인 타살로 보이는 경우가 부지기수였다. 따라서 어떤 비극도 내부에서 우러나오는 것은 없다는 말처럼 김 사장의 이야기가 와닿았다. 결국 자살이나 폭력적 행위는 사회적 배경에서 찾는 것이 맞는 것인가….

이들의 대화를 듣던 윤발이 헛기침으로 사람들의 이목을 집중시킨 후 말을 이었다. "사회가 부당한 것, 불평등한 것, 억울한 것, 분노스러운 것, 이런 에너지는 차오르기 시작하면 어딘가로 가기 때문에 그것이 범죄로 표출될 수도 있는 것이고요, 그래서 한국 사회에서 보면 한편으로는 자살률 같은 게 있지만 그것이 범죄로 표출될 수도 있는 것이고요, 그래서 한국 사회에서는 갑질 사회란 얘기를 쓰잖아요. 그러니까 범죄까지는 가지 않지만 그 아슬아슬한 경계선상에서 자신이 어떻게 함부로 할 수 있는 경우에는 어떤 식으로든 괴롭히는 것으로 드러나는 그런 경우도 많은 것 같습니다."

김 사장이 이번에 자신의 생각을 이야기했다. "보통 범죄 하면 많은 분들이 생각하실 때 살인이나 폭행, 강도, 절도 이런 것들을 생각하는데, 그것이 잘못된, 말하자면 약간 왜곡된 것일 수 있다는 거죠. 그렇게 개개인들이 하는 조그마한 범죄들이 중요하지 않다는 게 아니라, 그거보다 조직이 하는 범죄가 훨씬 더 규모가 크고, 피해가 크고, 심각한 문제를 낳거든요. 조직이 하는 범죄를 조직범죄라고 부르는 거거든요. 조직범죄의 대표적인 게 뭐냐, 기업 범죄죠. 지금 현대 사회에서 제일 큰 조직이 두 개 있는데 하나는 기업이고 또 하나는 국가입니다."

이번엔 덕삼이 김 사장의 주장에 동의도 받지 않고 부연설명을 했다. "관피아라고 표현되는 민간 부문하고 관료들 간의 유착, 이런 것들이 사실상 심각한 범죄라고 다루어지지 않고 유착이라는 용어를 가지고 우회적으로 표현되고 있습니다. 또 전관예우 같은 사법형 비리, 이런 것들도 사실상 범죄라고 부르지 않고 비리라는 표현을 가지고 사건 자체를 묘사하는 것들, 이런 것들이 보면 우리 사회가 그런 것들을 범죄로 보는 시각 자체가 약하지 않냐, 저는 그렇게 보는 거죠. 그것은 당연히 범죄고, 범죄라고 불러야 됨에도 불구하고 다른 용어를 통해 그것을 표현하고 있거든요."

덕삼의 말에 또다시 김 사장이 맞장구를 치면서 덕삼의 주장에 힘을 실어 주었다. "기업이 조성하는 비자금, 기업이 지불하는 불법적인 뇌물, 횡령, 배임 이런 걸 한번 생각을 해 보면, 이게 우리나라에서 1년간 벌어지는 모든 재산 범죄, 절도, 강도, 사기, 공갈 이런 거 다 합쳐도, 단 한 건의 기업 범죄에서 벌어지는 피해 액수에 못 미쳐요. 어마어마한 거죠. 그런데 사람들이 그걸 잘 인식을 안 하는 경향이 있죠. 보통은 흔히 그렇게 생각하시죠. 무겁게 처벌을 하면 범죄가 줄어들 거다, 이렇게 생각들을 하시는데 여기에 함정 같은 게 좀 있어요. 형벌을 계속 무조건 높이기만 하면 그럼 범죄가 없어질 거냐. 그렇지 않다는 것입니다. 한 사회의 범죄라고 하는 것은 지금까지 많은 사람들이 연구를 해보면 대체로 일정하게 그냥 간다는 거예요. 형벌을 놓게 하든, 낮게 하든 발생할 범죄는 발생합니다. 그러니까 형벌만 높이게 됐을 때는 이것이 오히려 범죄의 강도를 높이는 이런 부정적인 효과가 나타날 수도 있어요."

형들의 말을 이해했는지 의심이 드는 동원이 김 사장의 주장에 동의하듯 말을 이었다. "형벌의 증가를 통해서 범죄를 예방할 수 있다, 그건 가장 고전적인 범죄 예방법이긴 합니다만 그 자체가 범죄의 근본적인 원인을 해결해 주지는 않습니다. 형벌을 증가시킨다고 해서 범죄의 원인이 해소되는 것은 아니고, 일시적으로 그 범죄의 증가를 중지시키는 효과는 있습니다만 다시 그 효과는 사라질 수밖에 없습니다."

윤발도 이 이야기에 동의한다는 뜻으로 말을 이었다. "사람들이 범죄를 저지르지 못하도록 하는 기제를 보면 하나는 처벌에 대한 공포가 있지만, 또 하나는 사회적으로 보면, 사회적으로 다른 종류의 강제가 있기 때문이기도 한 것이거든요. 그러니까 이게 단순히 처벌이 무서운 것이 아니라 정말 내가 살아가는 사회 안에서 사람다운 사람으로, 제대로 된 구성원으로서 인정받을 수 있느냐 그런 두려움, 내가 이런 짓까지 저지르고 나서는 여기서 얼굴 들고 살아갈 수가 없다, 내일이 없다, 그런 생각이 사람들이 범죄를 저지르지 못하게 하는 어떤 암묵적인, 비공식적인 기제가 되는 것인데 우리 사회에서 보면 지금 그것이 사라졌지요. 이미 내일은 없다고 생각하고, 이미 이것은 사회도 아니고, 나라도 아니고, 국가도 아니고 이들은 가족도 아니라고 생각하는 그런 분위기가 있는 것, 그것이 지금 한국 사회의 문제인 것 같습니다."

윤발의 발언이 끝나기를 기다리던 동원도 자신의 생각을 이야기했다. "범죄가 왜 일어나느냐, 그 사회의 공동체적 가치가 깨어졌기 때문에 일어난다. 공동체적 가치가 높은 곳, 특히 사람들 간의 어떤 교제가 있고 사람들 간에 신뢰가 있고 또 무슨 문제가 있을 때 같이 해결하려고 하는 어떤 개입의 의지가 있을 때, 그런 지역일수록 범죄율이 떨어진다는 거죠. 근데 그렇지 않고 분절화되고 개인화돼 있을수록 범죄가 훨씬 더 많이 일어난다는 거거든요. 그래서 우리가 정말 공동체적 가치를 살려내는 것이 굉장히 중요하다고 할 수 있습니다."

　말을 듣고 있던 윤발이 결론을 내리듯 이야기를 이었다.
"결국 범죄를 줄여 나가기 위해서는 사회 공동체성의 회복
이 중요하다. 이런 결론으로 마무리 지을 수밖에 없을 것 같
은데요. 중요한 것은 공동체성의 회복이라는 것이 그냥 우
리가 더 좋은 생각을 갖고 좋은 마음을 먹자, 이런 차원에
서 그치면 안 되고 뭔가 내일을 꿈꿀 수 있는 사회가 되려
면, 내일을 준비할 수 있는 자원을 배분해 주는 것이 중요한
거고요. 그것은 정말 기본소득이 될 수도 있고, 아니면 사회
적인 어떤 안전망의 확충이 될 수도 있고, 이런 식으로 그냥
말로만 공동체성의 회복이라고 그러는 것이 아니라 그것이
마련될 수 있는 구체적인 정책, 구체적인 자원, 재원 이런 것
을 마련해가는 것, 그러면서 사람들이 당장은 그걸 그렇게
실감하지 못한다 하더라도 우리 사회가 큰 방향으로 그런
방향으로 가고 있다 하는 메시지를 줌으로 해서 내일이 없
다는 마음으로 사람들이 범죄를 저지르는 그런 것을 좀 막
아 나가는 것이 중요한 것 같습니다."

윤발은 언제인지 모르지만 읽었던 신문 기사 내용을 이야 기하면서 끝을 맺었다. "2012년 9월 1일 자 동아일보에서는 우리 사회가 점점 안전한 사회로 변해 가고 있다고 합니다. 그런데 사람들이 느끼는 불안감은 줄어들지 않습니다. CCTV가 도처에 깔리고 보안업체가 성행하고 있습니다. 경제적 불평등과 개인주의, 그리고 대중매체가 만들어 낸 범죄에 대한 과장된 공포는 공동체를 믿지 못하는 사회를 만들고 있습니다. 이제 우리 사회에서 발생하는 범죄 문제는 더 이상 개인의 일탈로 치부해 외면해서는 안 됩니다. 범죄는 우리 사회의 문제이며 공동체가 풀어야 할 숙제입니다. 그래서 시민 간의 연대를 통해 함께 풀어야 해결할 수 있습니다. 우리 사회가 안전하다는 느낌은 우리가 살고 있는 공동체를 믿고 의지한다는 것이기 때문입니다."

윤발은 이렇게 말하고 나서도 무엇이 부족하다는 듯 고민하는 표정으로 한참이나 말을 잇지 않으며 마음속으로 생각에 빠져들었다. 우리는 범죄 보도를 어떻게 바라봐야 할 것인가? 우선 범죄 보도는 사건의 경위를 알리고 범죄 예방에 대한 경각심을 갖게 해 준다는 측면에서 우리 사회에서 없어서는 안 될 중요한 뉴스임에는 틀림없다. 죄의 대가를 치르는 범죄자를 보면서 범죄자의 최후가 얼마나 비참한지를 알게 된다. 결국 이것은 사회적 안전장치와 유지의 필요성을 강조해 준다. 범죄에 대한 경각심을 환기시켜 범죄 예방 대책을 마련해 주고, 또 한 가지는 범죄에 대한 사회적 담론을 형성하여 사회 내의 범죄 재발에 대한 대응책을 마련해 주는 역할을 하는 것이다.

하지만 사건을 너무도 자세하게 묘사하는 보도는 모방 범죄나 유사 범죄를 유발하게 한다는 지적도 함께 나오고 있다. 전남편을 살해하고 훼손해서 은닉(隱匿)한 고유정 사건이 초동수사 부실 논란에 휘말려 고의적 계획 살인인지 성폭행에 대한 방어적 차원의 우발적 살인인지에 대한 갑론을박이 벌어지고 있고, 살해 방법과 시신 훼손 방법, 훼손 장소, 훼손 후 청소하는 세제 종류까지는 물론이고 유기(遺棄)하는 방법과 장소까지 자세히 나오는 부분은 지양해야 할 부분이라고 생각한다.

이러한 일련의 보도들은 특이한 공통점을 갖는다. 바로

시민의 정치적 관심이 부담스러울 경우에 발생한다는 점이다. 조국 장관 내정자 시절과, 정의연의 회계부정 사건 등의 이슈에는 어김없이 강력 사건이나, 사회의 공분을 얻는 뉴스가 보도되고 있다는 것이다. 코로나 사태로 국민들이 받는 스트레스를 풀어 주기 위한 희생양도 만들어졌을 것이다. 중세 유행병 희생양은 여성이었고 나치 시절의 희생양은 유대인, 일본 관동대지진 때는 조선인이었다. 보통 이러한 국민적 스트레스가 생겨나면 희생양을 만들어 문제를 전가하는 이야기가 따르곤 한다. 아마도 정치적 관심을 다른 곳으로 돌리려는 의도 또한 별반 다르지 않다고 보인다. 자신들의 의도에 좀 더 관심이 쏠리지 않게 하면서 목적을 이루려는 속셈이 빤히 보이는 이유였다.

사람들의 대화를 묵묵히 지켜보던 류 사장은 '지랄들 하고 있네' 하는 표정을 지었다. 너희들은 이런 이야기를 해서도, 할 수도 없는 사람들이다. 너희들이 이렇게 잘 먹고, 잘 자고, 좋은 교육을 받는 것 자체가 사회가 잘못 돌아가고 있다는 증거라는 생각이 들었다. 너희들에게 희생당한 피해자를 생각한다면 이런 이야기는 나누지 못할 텐데, 나쁜 놈들 같으니라고…. 하지만 류 사장은 밖으로 소리 내어 내색하지 않았다.

17시 폐방 점검

2NE1의 박봄이 부른 '법질서 지켜요' 노래가 스피커를 통해 흘러나왔다. 일과를 마치고 인원 점검을 알리는 폐방 점검 신호였다. 바쁘게 돌아다니던 임시 소지 대호가 앞창 복도 앞에서 점검을 기다리려고 서 있다. 우리들도 간단하게 방을 정리하고 오전에 점검받았던 점검 대형으로 똑바로 앉아서 침묵 속에서 점검을 기다렸다.

사동 담당 근무자가 방 호실을 부르면 방 안에서 몇 명입니다 이야기를 해야 하지만 우리 방은 복도에 서 있는 임시 소지 대호가 6명입니다, 복창해 주었다. 그럼 따라다니는 계장이 들고 있는 서류상 인원과 실제 인원이 맞는지 확인하고 휙 하고 복도를 지나쳐 옆방으로 넘어간다. 1방에서 28방까지 점검하는 시간이 2분이 채 걸리지 않는다.

창문 밖으로 누군가를 기다리며 똑바로 줄지어 앉아 있는 사람들의 모습을 본 적이 있었다. 술에 취해서 길을 걷다가 미아리에서, 청량리에서 그들을 보았다. 그들은 하얀 드레스나 한복을 유니폼으로 맞춰 입고서 자신을 찾아 줄 사람을 기다리고 있었다. 아마 그들도 어떤 말 못할 사정으로 그곳에 앉아서 수치심을 감추고 있었으리라.

방에서 무엇을 이야기하는지 하루 종일 진지한 표정으로 의견을 나누는 모습을 오고 가며 보던 대호는 방 사람들이 나눈 이야기가 궁금했지만 오해를 불러일으킬 소지가 있다고 판단해서 물어보지 않았다. 머뭇거리던 대호가 떡갈비를 데워 먹으려 오뚜기 물을 받으러 앞창 앞으로 다가오는 동원에게 뜬금없이 창밖 복도에서 방 안 동원에게 "주체사상이 뭐냐?" 하면서 질문을 던졌다.

천년 같은 하루하루 지긋지긋하다

느닷없이 대호에게 질문을 받은 동원이 쭈뼛거리다 북에 있을 때 학교에서 배운 대로 대답했다. "주체사상이 뭐이냐 하면은, 사람은 자주성, 창조성, 의식성을 가진 존재로서 자기에게 주어진 운명을 스스로가 결정한다는 김정일 장군님의 혁명 사상입니다." 진지하게 말하던 동원이 피식 웃음을 보였다. 동원의 웃음을 본 대호도 양쪽 입술 끝을 인위적으로 끌어올려 웃음을 보여 주고는 뜨거운 물을 가지러 세탁실로 발걸음을 옮겼다.

대호의 질문을 받은 동원은 한국은 어떠냐고 묻는 의미가 있다고 생각했다. 동원은 한국 사회의 어떤 기성의 질서라는 것이 두 가지를 보여 준 것이라고 생각했다. 젊은 노동자들의 산재 사망 같은 경우들이었다. 그 첫 번째로는 한국 사회를 구성하고 운영하는 기성의 질서라는 것이 경제적으로 무능력하고, 사회적으로는 윤리적이지 못하다는 걸 보여 준 거였다. 경제적으로 무능력하다는 것은 어떤 젊은 사람들에게 괜찮은 일자리를 만들어 줄 수 있을 만한 어떤 경제적 운영에 실패했다는 뜻이고, 사회적으로 윤리적이지 못하다고 하는 것은 결국 기업을 운영하는 과정에서 굉장히 고된 노동을 젊은 사람들에게 전가하면서 그 과정에서 적절한 고용을 창출하지 않고 더 나아가서 위험한 노동을 강제했다. 이건 윤리적이지 못한 것이라는 판단이 들었다. "친일을 청산하지 못한 정치가 놈들과 그에 기생하며 배상금을 종자돈 삼은 기업가 간나 새끼들이 이깟 돈 몇 푼으로 왕처럼 군림하며 인민의 고혈을 빨아대는 것이 꼭 일제강점기 점령군 같구먼, 기래." 잘 쓰지 않던 북한 사투리에 웃음을 섞어 농담을 던지자 주변에 있던 형들이 동원을 바라보며 옅은 미소를 지었다.

이들의 대화를 듣고 지켜보던 윤발이 묘한 표정으로 눈을 감고 생각에 잠겼다. 자신이 고등학교에 다니던 1990년대 초반까지만 하더라도 이런 질문과 대답은 농담이더라도 국보법 위반으로 처벌을 받아야 했는데 세상이 바뀌긴 바뀐 모양이었다. 6·25 전쟁이 끝난 대한민국은 빨갱이 색출로 온 사회를 짓눌렀다. 빨갱이는 빨간색을 표현했다. 공산주의자를 상징하는 색이었다. 요컨대 빨갱이는 적화(赤化)를 말하는 것이었다. 적화됐다는 건 남북한이 전쟁을 치른 반쪽짜

리 대한민국에서는 누구를 막론하고 치명적인 낙인(烙印)이
되었다. 이들은 대한민국의 주적으로 통칭되는 북한 공산당
편으로 규정당했다. 권위를 내세우는 보수 정권은 이들을
나라를 팔아먹는 간첩 매국노라고 불렀다. 간첩 매국노로
몰린 사람은 조선 시대의 역적과 같은 처벌을 받아야 했다.
역적의 가족은 대대손손 노비로 삶을 마쳐야 한다. 바로 연
좌제였다. 적화(赤化)됐다는 이유로 빨갱이 않은 사람들조차
탄압을 받아야 했다. 간첩으로 몰린 사람들의 가족들 역시
공무원 같은 공직은 물론이고 어떤 취업이든 불이익을 받으
며 사정기관의 감시를 받아야 했다. 하지만 지금의 대한민
국은 간첩이 그렇게 많이 잡히지 않는다. 아마도 많이 만들
어지지 않는다고 표현하는 것이 맞을 것이다. 그렇다고 공
공의 적으로 낙인찍히는 사람들이 만들어지지 않는다는 표
현은 아니다. 지금의 대한민국에서는 여성을 상대로 저질러
지는 범죄자 모두가 공공의 적으로 간주되어 신상이 털리고
법원에서는 신상정보 공개 명령으로 그들의 모든 신상을 인
터넷으로 검색할 수 있게 해 놓았다. 신상정보 공개 명령으
로 범죄자와 그 가족이 입을 피해보다는 이를 알게 될 국민

의 이득이 더 크다는 명목을 앞세운 법원은 이를 강제하고 있다. 얼마 전 참 아이러니하게도 여성을 위한 페미니스트라고 자칭하는 남자 인권 변호사 출신의 대한민국 수도 시장이 시장 비서실 여성 공무원을 성희롱한 사실이 밝혀지자 자살을 선택했다. 그만큼이나 성폭력 피의자로 낙인찍히는 사람은 대한민국에서는 살아갈 수 없음을 반증해 주는 사건이었다. 이는 다만 대한민국 수도 시장의 이야기만은 아니다. 대한민국 제2의 수도 시장과 어떤 도지사도, 성폭력 피의자로 낙인찍히며 그럴듯하게 가족과 함께 살아오던 삶이 일순간에 어그러지고 말았다. 죄지은 사람은 죗값이라고 하지만 그렇지 않은 가족들의 삶까지 회자되며 살아야 하는 것이 신(新)연좌제는 아닌지 하는 생각이 들었다.

苛政猛於虎也(가정맹어호야), 즉 가혹한 정치는 호랑이보다 사납다는 이야기는 『예기(禮記)』에 수록되어 있다. 이야기를 옮겨 보면, 공자가 태산 옆을 지나가는데 한 여자가 무덤 앞에서 곡하면서 슬피 울고 있었다. 공자가 수레 앞 가로대를 짚고 예를 표하고, 자로(子路)를 시켜 사연을 묻게 하였다. 공자의 제자 자로가 물었다. "부인이 우는 소리를 들으니 틀림

없이 쌓인 근심이 있는 것 같습니다." 여자가 말하였다. "그
렇습니다, 옛날에 저의 시아버지께서 호랑이에게 물려 돌아
가셨으며 제 남편도 호랑이에게 물려 죽었고, 이번에는 제
아들이 또 호랑이에게 물려 죽었습니다." 이에 공자가 물었
다. "어찌하여 다른 곳으로 옮기지 않습니까?" 여자가 말하
였다. "여기에는 가혹한 정치가 없습니다." 공자가 그 말을
듣고 말하였다. "제자들이여, 기억해 두어라, 가혹한 정치가
호랑이보다도 무섭다는 것을." 윤발이 감았던 눈을 뜨면서
혼잣말로 중얼거렸다. "세상은 빠르게 바뀌어 가는데 나만
따라가지 못하고 있구나…."

윤발은 입을 모아 다물고 볼을 부풀려 뚱한 표정을 지었
다. 얼굴을 돌려 동원을 향해 바람 빠지는 소리를 냈다. "뿌
웅…." 엿이나 먹으라는 농담 섞인 표현이었다. 윤발은 자신
의 삶이 일인칭 주인공 시점이라고 생각해 왔다. 하지만 일
인칭 관찰자 시점으로 살면서 남을 관찰하고 평가하고 있다
는 생각이 문득 들었다. 사람이 전지전능한 신의 영역으로
다른 사람을 평가한다는 것은 있을 수 없는 일일 것이다.

사람은 아무리 어리석어도 다른 사람을 책망하는 일엔 영리하고 자신의 잘못이나 결점에는 관대해서 꾸짖고 반성하려하지 않는다고 한다. 죄짓고 교도소에 수감된 삶이 남의 탓일 리는 없지만 끊임없이 누군가를 원망하며 이유를 만들어 책임을 전가하려 했다. 하지만 수감된 삶을 이제 와서 바꿀 수는 없다. 다만 내 생각 속에 남아 있는 부정적인 삶에서 벗어나게 해 달라고 기도할 수 있을 뿐이었다. 하지만 남아공에서 벌어졌던 아파르트헤이트[4]라는 정책이 지금의 대한민국에서도 벌어지고 있는 건 아닌지 하는 의심에서는 벗어나지 못하겠다.

요즘 코로나19 임시선별검사소에선 진단검사를 받을지를 놓고 고심하는 사람이 적지 않다고 한다. 혹시라도 확진자로 판명 나면 받게 될 주변의 따가운 시선과 비난이 두려운 것이다. 감염에 따른 자신의 생명과 건강보다 '확진자'라는 낙인을 더 겁내는 비정상적인 상황이 벌어지고 있는 것이

---

4)   백인의 토지, 백인만을 위한 사회, 비백인 멸시라는 3가지 원칙을 가진 정책(부자의 토지, 부자만을 위한 사회, 가난한 사람 멸시).

다. 일부러 방역수칙을 어긴 것도 아닌데 확진자라는 이유로 죄악시하고 치료와 돌봄은커녕 감염 확산 책임까지 뒤집어쓰고 죄인처럼 숨죽여 지내야 하는 것이 지금의 현상이었다. 국민들의 불만과 분노를 한곳으로 모이게 만들어 다 함께 미워하게 만들어 낸 결과였다. 그럼 정책 실패는 잊히고 매도와 혐오 조장으로 만들어진 희생양에 모든 책임이 전가되는 것이다. 이런 낙인찍기에 제동을 걸려면 무엇보다 국민의 열린 마음과 성숙한 자각이 필요하다. 개인과 집단의 일면만 보고 확대 해석하거나 편향된 잣대로 재단해선 안 된다. 교묘한 정치적 의도에 맞서 그 속에 감추어진 진실을 들여다볼 수 있는 균형 감각과 통찰력을 길러야 한다. 우리에겐 앞으로도 무궁무진한 세월이 남아 있다. 앞으로의 시간이 지난 세월처럼 또다시 낙인의 세월로 기억되지 않게 하려면 모두가 일어나 죄지은 사람은 죄지은 만큼만 처벌받고 가족은 연좌제에서 자유롭게 만들어 범죄자 이전에 나의 가족이었음을 상기(想起)하며 도움의 손길이 끊이지 않게 되어야 우리 사회의 유대 관계가 이어질 수 있을 것이다. 그러기 위해서는 돈 없는 사람은 유죄, 돈 있는 사람은 무죄의 연결 고리를 잘라내서 이성과 상식의 조직된 힘을 만들어 어둠을 몰아낼 수 있어야 한다. 이제는 고인이 된 김영삼 전 대통령의 말처럼 닭이 울어 새벽을 알리는 여명이 밝아오게 될 것이다.

천년 같은 하루하루 지긋지긋하다

17시 30분 저녁 식사

저녁 식사 시간이 아침 식사 시간과 점심 식사 시간에 데 자뷰처럼 겹쳐지면서 반복되는 시간이 언젠가 어디선가의 경험처럼 다가왔다. 아마도 이런 데자뷰는 내일도 모레도 있을 것이다. 매일같이 반복되는 삶이 10년이 지나면서 내 가 미쳐 가는 건 아닌지 하는 생각이 들었다.

설거지 당번 김 사장은 싱크대에서 설거지를 하고 있고, 사람들은 임출에게 커피 물을 받아서 커피를 마시고 과자 와 빵, 귤을 먹으며 담소를 나누고 있다. 윤발이 자리에 앉는데, 바닥에 깔아둔 신문에서 커피잔 사이로 매일 밤 꿈속에서 보던 여자의 얼굴이 보였다. 범죄 피해를 당한 여성을 돕는 단체에 속한 사람이었다. 그녀의 증명사진을 보는 순간 그가 누구인지 금방 알아볼 수 있었다. 그가 왜 신문에 나왔을까? 증명사진 옆으로 보이는 기사를 읽었다. '지역 여성 지원 단체 활동가 개인 비리 혐의로, 검찰 수사가 압박해 오자 자살을 선택해'라는 타이틀이 보였다. 윤발은 순간적으로 많은 생각이 들었다. 여성단체를 출세의 발판으로 삼아서 평생을 살아온 사람이 발판을 잃게 될 것 같으니 죽음을 선택했나? 검찰 조사 때 공손하게 배웅해주지 않을걸! 눈치챘나, 아니면 포승줄에 묶이면 누군가 다가와서 쌤통이라고 비웃기라도 할 것 같았다. 윤발은 아무리 행운이 넘쳐 보이는 사람이라 해도 죽음을 맞이하기 전까지는 부러워할 거 없다는 생각이 들었다.

"동원아, 바닥에 깔린 신문 갖다 버리고, 다른 신문으로 깔아 줘라!" 옆에서 신문을 같이 지켜보던, 눈치가 빠른 덕삼이 신문을 바꾸지는 않고 귤껍질을 던져서 신문에 실린 사진을 가렸다. 덕삼을 향해 윤발이 물었다. "아는 사람이에요?" 덕삼이 간단하게 대답했다. "네." 윤발이 얼굴에 썩은 미소를 지었다. '같은 편이라고 생각했던 주인이 토끼몰이가 끝나니 개를 삶아 먹는구나.' 아주머니의 신념이 사람을 동물화, 가축화시키며 길들이려는 국가 폭력에 일조하지 않았다고 장담할 수 있습니까. 사람이 사람에게 가하는 그 어떤 폭력이라도 국민의 힘으로 선출한 대표들이 만든 법으로 처벌받는 게 마땅하지만 그 법은 모두에게 공평하게 적용됩니까? 아니면 또 다른 폭력입니까? 혹시 아주머니도 국가 폭력의 피해자는 아니었습니까? 아주머니 죽음엔 억울함이 없습니까? 죽음 앞에서 고뇌했을 아주머니의 심정을 다 헤아려 볼 수는 없지만, 모든 걸 죽음으로 끝내려는 아주머니의 두려움과 공포에 휩싸였을 두 눈이 보이는 듯합니다. 좋은 세상을 바라보기 위한 아주머니의 두 눈을 의심하지 않습니다. 하지만 영혼이 빠져나간 초점 없는 두 눈은 지금 무엇을 보고 있습니까? 아주머니, 모든 건 끝났습니다. 아주머니, 부디 편안히 잠드소서…. 삼가 고인의 명복을 빕니다. 아주머니를 잃은 유가족과 지인들의 슬픔에 조의를 표합니다. 이렇게나마 작은 위로를 보내 드립니다. 윤발은 소리 죽여 마음속으로 애도를 표했다.

류 사장, 김 사장, 동원은 귤을 너무도 좋아해서 매번 간식을 먹으려 신문지를 펼 때마다 귤 한 봉지 이상은 흔적도 남기지 않고 먹어 치우는 편이었다. 평소 귤을 잘 먹지 않던 덕삼이 귤을 더 먹으려 하는데 귤이 보이지 않자 홀당을 뒤집어 놓으며 귤을 찾았다. 귤이 더 이상 없다는 걸 확인한 덕삼이 설거지 중인 김 사장을 향해서 귤이 없다고 이야기했다. "귤 더 없어요?", "왜? 없어!" 설거지를 하던 김 사장의 짜증 섞인 말투가 방 안에 울려 퍼졌다. 김 사장의 성격을 잘 아는 덕삼이 류 사장에게 앙갚음할 요량으로 모사를 꾸민 듯 보였다. "아까 류 사장님이 준형이 줬잖아요!" 덕삼의 발언은 누가 들어도 김 사장과 류 사장을 싸움 붙이려는 행동으로 짐작할 수 있었다.

말이 길어지거나 싸움으로 번질 가능성을 짐작한 윤발이 먼저 나서서 수습에 들어갔다. 윤발은 복도에 대고 임시 소지 대호를 불렀다. "소지21방, 대호야." 윤발의 소리를 들은 대호가 21방 창 앞에서 윤발에게 고개를 숙였다. "부르셨어요." "옆방에서 내가 빌려달라고 했다고 하면서 귤 두 봉지만 가져와라. 나중에 류 사장이 준다고 하면서"라고 간단하게 이야기했고, 대호는 말을 듣고 바로 옆방에서 귤 두 봉지를 받아서 방으로 넣어주었다. 대호에게서 귤을 받은 윤발이 덕삼에게 귤을 기분 나쁘게 던져 주면서 "여기 있으니까 더 먹어"라며 반말로 경고하듯 이야기했다. 그리고는 김 사장을 향해서도 한마디 했다. "괜한 일로 방에서 큰소리 내거나 짜증 부리지 마!" 윤발의 단호한 태도에 김 사장이 한 발 물러서며 길게 한숨을 쉰 후 말을 이었다. "아후…. 미안, 내 목소리가 좀 크잖아. 짜증 낸 것 아니야. 알잖아요! 윤발 씨…." 윤발은 대꾸하지 않았다. 그사이 덕삼의 눈알이 또다시 빠르게 좌우로 움직이며 상황을 파악하고 있는 것 같았다.

19시 입출 입방

임시 소지 일과를 마친 대호가 들어오려는지 방문이 자동으로 열렸다. 예상처럼 대호가 맨발에 임시 소지 조끼를 한 손에 움켜쥐고 방으로 들어왔다. 그와 동시에 사람들이 대호에게 "고생했다"를 연신 외쳤다. 설거지를 막 끝낸 김 사장이 둘러앉아 커피를 마시고 있는 자리에 자리를 잡고 앉으려다 들어오는 대호를 보고 자리를 좀 더 넓게 잡았다. 이리로 와서 옆에 앉으라는 신호였다. TV에서는 7시 저녁 뉴스가 나오고 있었지만 아무도 뉴스에 신경 쓰지 않았다. 대호

천년 같은 하루하루 지긋지긋하다

가 오늘 하루 동안 있었던 사동 이야기를 해 주는걸 듣기
위해 모두가 귀 기울여 대호를 쳐다보았다. 사실 TV 뉴스에
나오는 이야기는 당장 우리에게는 필요한 이야기가 아니었
다. 알아두면 상식적으로 남들에게 딸리지는 않겠지만 좀
있다가 8시에 뉴스를 보면 된다. 대호가 주저리주저리 오늘
있었던 이야기를 꺼내 놓았다. 독거실 누군가 접견을 다녀
오다 접견장 대기소에서 들었다는 이야기는 순천에서 20년
이 조금 넘은 무기수가 가석방을 받았다는 것과 28방에서
점심을 먹은 뒤에 고무로 된 하얀 바둑알에 표시해서 윷놀
이를 하다가 싸움이 났고 관구실에서 벌점 스티커를 받고
돌아와 각 잡고 앉아 있다는 이야기였다.

　무기수 덕삼과 김 사장이 유난히 진지한 표정으로 대호의
이야기에 귀 기울여 관심을 보였다. 아마도 순천에서 20년
만에 가석방을 받은 무기수 이야기가 이들의 관심을 끌었을
것이다. 이들도 카더라는 뉴스임을 알고는 있지만 자신들과
관련된 이야기인지라 쉽게 지나치지 못하고 대호가 좀 더
자세히 이야기를 해 주지 않나 눈을 크게 뜨고 대호를 쳐다

보았다.

"20년 만에 가석방 받은 사람은 기산일 포함해서야?" 김 사장이 양손을 바닥에 짚은 채 고개를 대호 앞으로 내밀고 대호 얼굴을 똑바로 쳐다보며 물었다.

"거기까지는 모르지요! 나도 들은 이야기인데!" 무표정하게 대꾸한 대호는 동원이 건네주는 커피잔을 받아 홀짝였다.

모두가 놀란 표정을 지었다. 그리고 대호는 윤발과 네 명의 사람들에게 일제히 질문을 받고 관심을 받는 즐거움을 누렸다. 동원이 활짝 웃으며 물었다. "싸운 사람은요? 윷놀이하던 사람들 말고는 스티커 받은 사람은 없어요?" 동원의 질문에는 싸운 사람들과 윷놀이를 하던 사람들 말고 구경하던 사람들은 처벌받지 않는지 묻고 있었다.

"싸움한 놈들은 조사 방에 들어갔고, 아마 돌아오지 못하게 될 거야! 다른 사람은 참고인…." 동원의 질문을 이해한 대호가 자신의 생각을 보태서 동원에게 간단하게 알려 주었다.

흐뭇해하는 대호를 향해서 윤발이 물었다. "사람이 짐승처럼 살아간다는 것은 사람으로서의 존엄이 훼손됐다는 것인데 꼭 그렇게까지 삶을 살아가야 할 이유가 있을까?" 윤발의 뜬금없는 질문을 받은 대호가 윤발을 물끄러미 바라보았다. 목적어를 생략하고 묻는 질문인데도 질문의 요지를 알아들을 수 있었던 것이다. 대호가 이해하는 윤발의 질문 요점은, 인간의 존엄을 위해서 선택한 자기 훼손은 신학적으로 어떤 의미가 있느냐는 것인데 대호는 이 부분에 앞서 신이라는 존재가 실재하느냐 그렇지 않느냐는 문제가 해결되어야 할 선행 과제라는 마음이 들었다.

"형님, 글쎄요. 그냥 제가 경험하고 느꼈던 생각을 이야기한다면, 지난번에 말씀드렸던 것처럼 저는 지금의 아내와 결혼하고 나서 아내의 권유로 신을 굳게 믿었던 시절이 있었습니다. 아내와 처갓집의 전폭적인 응원을 받으며 신을 찾아 헤맸던 시절도 있었습니다. 그때 제가 받은 느낌은 인간의 행복은 신을 알고 사랑하고 감사하는 데 있었어요. 인간의 자유의지를 행복으로 이끄는 힘은 오로지 신의 은총에서 온다는 것이 그때까지만 하더라도 저의 입장이었으니까요. 그래서 신의 목소리를 들었다고 하는 사람들과 신을 보았다고 하는 장소를 찾아서 전국을 떠돌아다녔습니다. 각 종파가 운영하는 기도원은 물론이고 신천지 모임에까지 참석했으니까요. 하지만 신의 실체를 객관적으로 설명해 주는 사람은 없었습니다. 오로지 관념적, 사상적 표현들뿐이었지요. 신의 존재가 그렇다면 결국 육체의 고통과 마음의 근심도 사상적으로 해소됨에 있다고 생각하게 됐습니다. 이에 행복은 현세에서 가능하지 않다, 행복은 죽은 후에야 비로소 가능하다는 결론을 얻게 됐습니다. 그러니까 신을 봄이 아니라 신을 즐김을, 신을 아는 것보다는 신을 사랑하는 것이 더 참된 의미의 행복이라고 가정했을 때 신의 계시대로 살 것인지 신을 위해서 살 것인지는 본인이 판단하면 됩니다." 대호는 말을 마치며 뻘쭘하다는 표정을 지었고 동원이 우러러보는 시선으로 대호를 존경한다는 표정을 지었다.

말을 끝까지 들은 윤발이 뚱한 표정을 지으며 말을 이었다. "뭐가 그리 어려워." 윤발의 질문에 대호가 다시 쉽게 설명해 주었다. "형님 편한 대로 하시면 됩니다."

무더웠던 여름, 진주시에 있는 여관 카운터 주변에서 대호가 술에 취한 지역 양아치와 실랑이를 벌였다. 양아치는 숙박비 오만 원을 지불해야 하는데 고의인지 실수인지 알 수는 없지만 오천 원을 낸 것이다. 전에도 한 번 이런 경우가 있었는데 대호가 모르고 받았다가 나중에 눈치채고 숙박비 중 차액을 지급할 것을 요구했다가 도둑놈 취급만 받은 경험이 있었다. 대호는 이에 앙심을 품고 있다가 똑같은 일이 반복되자 다른 모텔을 알아볼 것을 요구하며 장난하느냐고, 무시하지 말라며 양아치를 내쫓으려 했다. 양아치는 대호를 잡아당겨 움켜쥐고는 주먹으로 대호의 볼을 톡톡 치면서 비열한 웃음을 보였다. 상황이 확대된다면 이미 투숙한 고객들에게 불편을 초래할 것을 생각해서 양아치를 방으로 안내하고 돌아왔다. 카운터에서는 친구의 동생이 안쓰러운 듯 대호를 바라보았다. 평소 대호를 친형처럼 따르던 동생이 보는 앞에서 자신보다 나이가 어린 양아치와 실랑이를 한 상황에 수치심과 모멸감이 배가되었다.

카운터 소파에서 수다를 떨다가 잠깐 잠이 들었다 깬 동생의 눈에 마스터키와 망치를 들고 어딘가에 다녀오는 대호가 눈에 띄었다. 대호의 싸늘한 모습과 진지한 표정에 동생도 무언가를 짐작했다. "형이 피곤해서 그런데 먼저 쉴게!" 동생은 더 이상 아무것도 묻지 않았다. 고요하고 적막한 여

관 복도 조명마저 어두워 등골이 오싹해지는 기분이 들었
다. 동생이 카운터 뒤쪽 침대에 웅크린 자신을 지켜보는 시
선이 느껴졌다.

전날처럼 인수인계가 이루어졌다. 대호는 104호 때문에
일이 손에 잡히지 않았다. 점심을 배달해서 청소부 아줌마
와 친구 동생에게 먹으라 하고는 속이 좋지 않은 대호는 각
호실 청소 상태와 시설물 점검을 한다고 밖으로 나왔다. 마
지막으로 발길이 향한 곳은 104호였다. 머리에 심한 부상을
입은 양아치가 청테이프에 묶여 엷은 신음을 흘리고 있었
다. 대호는 고민에 빠졌다. 상황을 어찌 해결해야 할지 걱정
이 앞을 가렸다. 욱하는 마음에 일을 저지르긴 했지만 머리
에 큰 중상을 입은 양아치를 풀어 줄 수도, 그렇다고 계속해
서 여관 방 안에 감금해 둘 수도 없는 일이었다. 인기척에
깜짝 놀라서 뒤를 돌아보니 친구 동생이 어느새 뒤에 와서
모든 상황을 지켜보고 있었다. 친구 동생은 대호에게 걱정
말라는 표정을 짓고는 대호를 데리고 밖으로 나왔다. 그날
자정, 폭우가 쏟아져 내렸다. 마스터키로 피해자가 감금돼
있는 방문을 열고 대호와 친구 동생이 들어갔다. 동생이 둔

기로 피해자를 살해했다. 새벽에 시체를 토막 낸 뒤 비닐봉지에 담았고, 동생이 전기자전거를 타고 하동군 섬진강을 따라가면서 시체를 유기했다. 대호가 일하던 여관에선 24시간 대호와 친구 동생이 교대로 1명씩 근무한다. 손님이 적어 방을 청소하는 중국인 직원은 상주하지 않고 낮에 와서 대호가 지정해 주는 방만 치우는 방식으로 일한다. 그러니 방안에 사람을 유기하고 있다는 사실은 대호와 동생 말곤 아무도 몰랐다.

친구 동생과 여관 카운터에서 저녁을 먹는데, 저녁 TV 뉴스에서는 섬진강에서 몸통만 있는 시신이 떠올랐다는 방송이 나왔다. 둘은 긴장했다. 그리고 조금 있다가 경찰이 피해자의 마지막 통화 기록이 이 근방이라며 여관에 방문했는데, 대호를 수사선상에 올려둔 건 전혀 아니었다. 남자 두 명이 함께 묵은 적이 있냐고 자꾸 물었다. 대호가 직접 경찰에 CCTV가 낡아서 보관이 안 됐다고 말하자 별 의심 없이 나갔다. 대호는 좁혀져 오는 수사망이 두려워서 자수를 결심하고 동생과 상의했다. 탈부착 형식으로 되어 있는 호실 명패들을 바꾸어 달고(1방을 10방으로, 10방에서 1방으로) 이러한 사실을 청소 아주머니와 친구에게 알려 주고는 비밀로 해 줄 것을 당부했다. 피해자의 서명이 되어 있는 숙박부를 위조하는 것보다는 명패를 바꾸어 다는 것이 안전하다는 느낌에 따랐다. 자수 전 친분이 있던 지역 언론사 기자에게 제보해서 자수 시간과 장소를 알려 주고, 자신의 정당성을 알리고 전화를 끊었다.

경찰청 민원실 구석 소파에서 졸고 있던 경찰이 술렁이는 소리에 일어나 앞으로 나오자 대호는 자수하러 왔다고 말하고는 강력계 형사를 만나러 왔다고 말했다. 경찰은 무슨 일이냐고 물었지만 대호는 강력계 형사를 만나서 이야기하겠다고 했다. 경찰은 여기는 강력계 형사가 없으니 꼭 만나야 한다면 관할 경찰서로 찾아가라고 말해 주었다. 이에 대호는 친분이 있던 지역 신문 기자와 함께 택시를 타고 관할 경찰서에 도착해서 자수를 했다. 하지만 이런 일련의 과정들이 고스란히 언론에 실리면서 경찰은 곤란을 겪게 되었다.

오전 현장검증을 위해 포승줄에 묶인 채 경찰과 함께 진주시 여관에 들어온 대호는 여관 주인인 친구를 보고는 안 그래도 장사도 시원찮은 허름한 여관인데, 사건 이후 더 장사가 안 될 걸 우려해서 진심을 담아 깊이 고개 숙여서 사과했다. 대호의 자백과 숙박부와 일치하는 104호에 들어가 현장검증을 마친 담당 경찰은 흐뭇한 표정을 지으며 경찰서로 돌아갔다.

20년을 선고받고 10년을 살았다. 이제는 재심을 준비해야 할 때라는 생각이 들었다. 사건 당시 수사기관이 진행했던 수사 기록 중에는 거짓말 탐지기 결과와 비 오는 섬진강을 따라 우비를 입고 시신을 유기하는 CCTV 영상이 있는데 시신을 유기하던 CCTV 속 인물은 내가 아니니 변호사가 끈질기게 물고 늘어진다면 국립과학수사연구소에서 진실을 밝혀 줄 테고 거짓말 탐지기 질문 중에 피해자와 다투고 상해를 가했는지 묻는 질문에는 그렇다고 이야기했고 거짓말 탐지기 결과도 음성이 나왔다. 하지만 피해자를 살해하고 시신을 훼손하고 유기했는지 묻는 질문에서는 그런 일 없다고 대답했고 탐지기 결과도 음성이 나왔다. 수사기관은 정황증거로만 대호를 기소했다. 피해자가 묵었던 침실에서도 혈흔 등의 어떠한 흔적도 나오지 않았으니, 변호사의 도움을 받아서 재심을 받고 무죄를 받아서 한밑천 챙기면 된다.

그럼 윤발이 형이 말하는 비참한 삶은 나와는 상관이 없는
일이 된다. 그렇다고 윤발이 형에게 이런 사실까지 알려 줄
필요는 없었다. '형님이나 비참하게 살아가세요!' 대호의 속
마음이었다.

동원이 대호의 이야기를 듣는 듯 마는 듯하더니 TV로 시
선을 돌렸다. 류 사장이 7시 저녁 뉴스를 복면가왕으로 틀
어놓은 뒤라 TV에서는 예능 프로그램 복면가왕이 나오고
있었는데 동원이 유재석이 나오는 런닝맨을 보겠다고 TV를
틀었다. 그러자 금융기관 임원 출신 류 사장이 짜증 섞인 표
정을 지었다. "왜 보고 있는 걸 말도 없이 틀어!" 그러면서
다시 복면가왕으로 TV를 돌려놓았다. 그러자 동원과 말이
통하는 김 사장이 나서서 한마디 덧붙였다. "나도 런닝맨
보고 싶은데!" 사람들의 시선이 덕삼을 향하게 되자 덕삼의
눈알이 빠르게 좌우로 흔들렸다. 사람들의 무언의 압박이
덕삼에게 빠른 대답을 재촉하는 듯 보였다. "나는 아무거나
봐도 상관없어요!" 그가 택할 수 있는 최선의 답변이었다.
이제 방에서 의견이 남은 사람은 윤발뿐이었다. 하지만 그
의 의견은 이 모든 사람의 의견을 다 합친 것보다 더 우선이

었기에 지금까지 사람들의 의견은 그다지 중요하지 않게 되었다.

"자꾸 TV 채널 가지고 그러지 말고 보던 것 봐!" 윤발은 뉴스 외에 TV를 잘 보지는 않지만 은근슬쩍 류 사장의 편을 들어준 것이었다. 사람들은 윤발의 의견에 따라 복면가왕을 봐야 했다.

한편 런닝맨을 보지 못하게 된 동원은 서운했다. 샤워 물이며, 침구 정리, 커피까지 자신이 챙겨 줬는데 TV 프로는 류 사장이 보고 싶은 복면가왕을 틀게 하다니…. 정해진 자신의 자리에 앉은 동원은 입술이 저절로 튀어나왔다. 뾰로통한 표정을 지어 자신의 서운한 감정을 알리고 있었다.

이 모든 과정을 지켜본 윤발이 헛웃음을 보였다. 하루에도 몇 번씩 주둥이를 내미는 동원의 행동을 어리광으로 봐주어야 할지 따끔하게 한마디 해 주어야 할지 기준이 서지 않았다. 또 한편으로는 동원의 행동이 이해되기도 했다. 홀어머니 밑에서 크면서 "아이고, 이 어미는 이제부터 믿고 의지할 사람이라고는 세상에 너뿐이 없구나!"라는 이해관계를 이모저모 따져 셈하는 절실한 말을 쉴 없이 들으며 자라다

보니, 늘 투덜대며 하소연하는 엄마의 약한 감정을 알아차리게 되었고 마침내 그것을 이용하기에 이르렀을 것이다. 자기 뜻대로 굴기는 보통이고, 초등학교 고학년이 되어서도 아이 때처럼 살려 하면서, 눈치만 보다가 자기의 모든 욕구는 옳다고 결정한다. 엄마의 능력은 싹 무시하고 이것 사 달라 저것 사 달라 조르던 때처럼 방에서도 자신의 욕구를 주장하지만 들어주는 사람이 없으니 결국 주둥이를 내미는 수밖에 없었을 것이다. 결국 동원은 아이 시절 익혔던 기술을 사용하려 했지만. 그런 과정을 이미 겪어 본 윤발은 동원의 그런 모습을 보지 못한 척 침묵하기로 결정했다. '이놈도 빵잡이가 다 되어 가네…'라고 속으로 생각하면서.

　윤발은 애초에 이 세상에 나란 사람이 이러한 모습으로 있다는 것을 어떻게 받아들여야 하는가 하는 생각이 들었다. 여기에 나의 뜻이 약간이라도 작용됐다면 모르겠지만, 어느 것보다 이 머리 아프기 짝이 없는 세상에 어떤 일이 있어도 반드시 기뻐할 수만은 없는 목숨을 이어받은 것은 오로지 아버지 어머니 때문이었다. 틀림없이 아버지 어머니 시절에도 세상 살기는 어려웠을 텐데 왜 세상에 나를 만들었는지 모르겠다. 그때는 모두가 어렵던 시절이라고 하더라도 말이다. 보통 사람들 사이에 떠돌아다니는 지옥이란 말은 윤발에게는 바로 이 세상을 뜻하는 말이었다. 그런데 생각해 보면 나도 세상에 아이를 한 명 탄생시켜 놓았다. 이러한 세상에서 사람같이 복잡하고 허약한 포유류는 살아갈 수 있는 기간이 그리 길지가 않다. '나는 아니겠지' 하는 허망한 현상에 매달려 멍하게 있어도 될 만큼 세상은 그리 만만하지 않다. 최소한 국가가 국민을 노예로 생각할 개연이 크다는 것은 분명히 알고 있어야 한다. 그렇지 않으면 자유로워야 할 인생을 고스란히 특정 몇몇의 지배자들에게 빼앗기게 된다. 그럼 우리는 하루하루 먹고살 방법만 찾다가 생을 끝내게 된다. 자립과 자유의 정신은 사람이 사람일 수 있는 증거다. 이를 똑바로 인식하지 않으면 한심하고 비참하며 구질구질하게 삶을 마감하게 된다. 아무것도 모르고 살다가 지옥을 느낄 아이를 생각하면서 이제야 나의 어리석음을 탄식해 본다. '미안하다, 아가야…. 나도 이제야 깨달았다.'

정부를 만들어 나라를 운영하는 자들은 국민이 국가의

정체를 쉽게 관통해 볼 만큼 이치에 밝기를 원치 않는다. 국가 운영자들은 그들의 본심을 알아채지 못할 정도의 어리석음과 착취에 반대하지 않을 정도의 둔함을 지닌 사람을 이상적으로 여긴다. 또 그렇게 되기를 바라면서 그 목적에 따라서 세금을 쓰고 있다는 것이 윤발의 최근 생각이었다.

윤발은 생각했다. 모두가 즐거운 나라는 없을까? 나라는 쉽게 말하자면 효율을 생각하는 기업과도 같은 것이어서 혼자서 의식주를 자급자족하는 것은 몹시 고되고 힘든 일이지만 서로 다른 분야의 전문가들이 각자의 적성에 맞는 일에 전념하고 여기서 나온 생산물을 필요한 사람들이 사용하는 방식으로 구성되는 형태로 서로가 자기 일에만 매진하지만 서로가 서로의 덕을 보면서 필요한 것을 주고받는 사회가 만들어진다면 어떨까… 이 나라는 다양한 필요와 요구들이 서로 상충하거나 분쟁을 일으키지 않고 조화롭게 공존할 수 있어야 한다. 하지만 이런 사회는 전체주의 사회로 변질될 우려도 함께 가지고 있었다. 수직적인 계급 질서가 만들어지고, 구성원들의 삶에서 다양성이 사라지고 획일성이 강조된다. 결국 사회의 역량이 독재자와 그 주변 권력

집단의 사익 추구를 위해 많이 희생된다면 윤발에게는 아무런 소용이 없는 나라였다. 그렇다면 국가라는 조직은 애초부터 필요 없는 조직이었다.

윤발은 어린 시절에 보았던 영화에 나오는 무정부주의자들을 떠올려 보았다. 그들은 하나같이 테러리스트로 묘사되며 부정적 이미지로 각인되어 있었다. 지금에 와서 생각해 보니 이는 국가를 운영하는 자들이 만들어 놓은 각본임을 느낄 수가 있었다. 그들은 이들에게 위험한 존재로 여겨졌기 때문이었다.

윤발이 생각하는 잘 돌아가는 머리는 가장 먼저 그의 의지가 어느 정도인지에 있다. 오로지 스스로의 힘만으로 살아가려는 의지 여부에 따라 뇌의 질(質)이 갈리는 것이다. 결국은 스스로 해결하는 정도가 머리의 좋고 나쁨을 결정하는 셈이다. 스스로에 반하는 삶의 방식은 곧 명석함이 부족하다는 것을 뜻한다. 책상에 앉아서 하는 공부만으로는 그 방도를 터득할 수 없다. 혼자 힘으로 이 모질고 혹독한 세상을 끝까지 살아보겠다는 마음가짐이 얼마나 강하고 굳은

지에 모든 것이 달려 있는 것이다. 윤발은 몇 번이나 생각해 봤는데 이 세상은 편안하게 살 수 있는 세상이 아니었다. 그런 시대는 단군 시대부터 지금까지 단 한 번도 없었고 앞으로 달나라 시대가 올 때까지도 절대 없을 것이다. 그러니까 어떤 사람이 그런 시대가 온다고 생각한다면 그것은 그러기를 바라는 마음에서 생겨난, 몹시 안타까운 환영에 불과한 것이다.

이런 사람들은 좋지 않은 의미의 자아에 빠져 두뇌를 명석하게 발휘하지 못하고, 쓸데없는 사람으로 떨어진다. 떨어지다 못해 본질적 정욕에 사로잡혀 이상 행동을 보이고, 급기야 성범죄자로 돌변한다. 심한 경우 살인까지 저질러 파멸의 내리막길로 단숨에 굴러떨어진다.

윤발은 신을 믿는다. 하지만 대호의 말에 따르면 신이 인간을 창조한 것이 아니라 인간이 신을 만들어 냈다고 생각한다고 했다. 인간의 나약함과 교활함에서 신이라는 환상이 태어난 것이라고 했다. 그러니 아무리 경건한 신자로 믿음을 지켜 봐야 신이 직접 다가오는 일은 없다고도 했다. 그렇다면 구체적인 하늘의 목소리도 들을 수 없다. 그 소리를 들었다고 주장하는 자들이 있다고 하면, 그것은 그러기를 바라는 강한 바람에서 비롯된 환청이라든지, 아니면 다른 신자와 차별화를 꾀하고 싶은 마음에 입에서 튀어나온 새빨간 거짓말이라든지, 그도 아니면 속는 쪽에서 속이는 쪽으로 돌아서는 것이 득이라는 계산에 따른 것이라든지 그중 어느 하나에 불과한 것이라고 설명해 주었다. 윤발은 대호의 말을 이해하고 받아들일 수는 없었지만 어느 정도 수긍할 수는 있었다. '그럴 수도 있겠구나' 하면서.

가장 사람다운 삶이란, 자유롭고 누구에게도 간섭받지 않고 사는 일이라고 여기는 윤발에게는 누구 못지않게 위험한 상대가 바로 국가였다. 지금의 국가라는 것은 한 줌도 되지 않는 인간들의 소유물로 전락했다. 그렇다고 그들은 특별히 뛰어나지도 않고 그 자리에 알맞은 재능을 갖추고 있는 것도 아닌, 그냥 몇몇의 사람들이었다. 국민들의 투표로 선출되는 정치인이 최선의 인물이라고 어느 누가 장담할 수 있을까? 그리고 정치인은 투표에서 인기를 얻은 사람이 아니라, 체계적인 시스템을 통해서 교육되고 국민들을 융합하는 데 있어 부족함이 없는 인물로 다듬어져야만 한다. 그래서 국가를 제대로 경영되게 만들기 위해서는 최고로 지혜로운 인물이 정치인이 되어야 한다. 그렇지 않다면 정치인에게 주는 특권을 없애야 한다. 하지만 지금의 정치인들은 나와 딱히 다를 것 없는 아주 평범한 사람, 자세히 말하자면 교양이 없거나 식견이 좁고 세속적인 일에만 급급한 사람의 전형이었다. 이런 부분은 마음먹고 찾는다면 누구든 금방 알아볼 수 있다. 그럼 그들의 이름도 줄줄이 외울 수 있을 것이다. 실체도 없이 일관된 거짓으로 사람들을 속여 온 국가라는 단체가 몇 안 되는 사람에 의해 운영되고 그 소수의 사람들이 숨기지 않고 있는 그대로 드러낸 이해관계를 중심으로 움직여지고 있다는 현실에 놀라고 말 것이다. 윤발이 염원하는 국가는 그들의 차지가 되었다. 약삭빠른 조치로 실체를 감쪽같이 숨기고 있지만 국가는 어떻게든 그들이 마음대로 경영할 수 있는 힘을 갖고 있었다. 국가는 극소수의 소유물이지, 나와 우리 자신의 것이 아니라는 것이 명백해졌다. 그런 의미에서 본다면 조선 멸망을 앞당긴 안동 김씨와 풍양 조씨 일가의 마음이 이해된다. 나라의 주인이 누가 되든 자신들 일가와 재산만 인정해 주면 그만이었다. 그래서 국가를 너무 무서워할 필요도 없고, 그리고 국가를 있는 그대로 믿어서도 안 됐다. 국가를 손바닥 위에 올려놓고 경영하는 것은 아주 평범하지만 욕심으로 가득한 나와 똑같은 사람이라는 현실을 이제서야 깨우쳤다.

20시 저녁 뉴스

2020년 12월 12일 토요일 모든 지상파 방송 TV 뉴스에서는 조두순 출소를 특집으로 하루 종일 방송했다. 뉴스는 조두순의 출소에도 대책 없는 정부를 비판하는 내용과 수많은 보수 유튜버들이 조두순을 쫓아다니며 폭력적으로 위협, 비하하고 희롱하는 내용들의 반복이었다. 윤발의 눈에는 이는 뉴스처럼 보이지 않았다. 그냥 매스미디어가 만들어 낸 타자에 대한 혐오를 근간으로 만들어진 폭력으로서, 사회적 지탄을 받게 하고 그에게 어떠한 도움의 손길도 미

천년 같은 하루하루 지긋지긋하다

치지 못하게 만들어서 고립시키고 증오와 분노를 일으켜 막다른 선택을 하게 하려는 것처럼 보였다.

현재 우리 사회에는 성폭력 문제가 상당히 심각한 문제로 떠오르고 있다. 이는 가해자 출소 후 거주지의 문제 대두로 이어졌고, 정치적으로 가장 뜨거운 이슈가 되고 있다. 가해자와 피해자가 같은 마을에서 살아간다는 것은 정치적이나 정책적으로 최우선 과제로 다루어 개선해야 할 문제인 것이다. 10여 년 전 아동을 성폭행하고 중상을 입힌 죄로 12년간 갇혀 있던 조두순(68)이 출소했지만, 성폭행범 거주지를 둘러싼 사회적 논란은 여전하다. 하지만 강력 성범죄자 출소 때마다 거주지를 제한하는 '조두순법'이 쏟아졌지만, 헌법상 기본권 침해 우려 때문에 이들 법안 모두 국회 문턱을 넘지 못했다. 인구밀도가 높은 한국에선 거주지를 제한하면 이들의 경제활동이 사실상 불가능해진다. 경제활동을 하지 않을수록 재범률이 높아진다는 게 전문가들의 진단이었다. 그렇다면 결국 이들과 공존할 수 있는 '안전한 공존'이 시급한 것이지, 혐오 조장이 시급한 것은 아니라고 윤발은 생각했다. 그리고 한때 영화감독으로 유명했던 사람이 'Me Too'

로 성폭행 유죄 판결을 받고 한국이 싫다고, 리투아니아에서 이민을 준비하다가 코로나19 감염으로 사망했다는 뉴스와 오늘이 전두환 전 대통령이 12·12 군사 쿠데타로 정권을 잡아 집권의 발판이 된 날이라고, 아주 조금 보도됐다. 윤발은 뉴스에서 세상이 변화됐다는 시대의 문화 흐름과 정서를 느낄 수 있었다. 앞으로 여성과 관련된 범죄자는 한국에선 살아갈 수 없겠구나! 몸속 깊이 새기는 계기가 되었다. 뉴스를 보던 윤발이 방 사람들을 향해 말했다. "야, 오늘 조두순이 전두환을 이겼다!" 방 사람들의 웃음소리가 옅게 들려왔다.

21시 일과 마무리

교도소 재소자로 사는 고된 일상… 눈코 뜰 새 없이 바쁘지는 않지만 일상의 삶 속에서 내 삶의 의미를 되묻곤 해보았다.

나는 무엇일까?

인생의 목적은 무엇일까?

행복이란 무엇일까?

왜 불행은 끝이 없을까?

선악의 기준은 무엇일까?

내가 믿고 있는 신은 정말로 존재할까?

흔히들 우리 사회를 이야기할 때 기계적인 불변적 관습에 의해 지배되는 사회라고 말하곤 한다. 변화를 거부하며, 보수적이고 권위적인 사회다. 꽉 막힌, 닫힌 사회라고 할 수 있다. 이런 사회는 자기중심적 성격을 강화함으로써 안정성을 성취한다. 따라서 자신을 유지하기 위해서 다른 자기중심적인 사회와 끊임없는 경쟁과 투쟁을 계속하게 된다. 이들의 내적인 결속은 닫힌 도덕과 종교에 의해서 보장된다. 계급을 포함한 모든 제도와 규범을 신성불가침적 금기로 보는 소박한 일원론의 사회라고 할 수 있다. 반면 윤발이 원하는 사회는 창조적인 사회로, 행위의 규범들이 고정불변한 것으로 간주되지 않고 필요에 의해서 얼마든지 변경될 수 있는 약속의 체제에 불과한 것으로 해석된다. 어떤 불변의 규범이나 관습 같은, 개인들에게 부과하는 강제적 사태라는 것은 존재할 수 없다. 우리의 행동을 규제하는 규범들은 인간에 의해 만들어진 것이기 때문에, 제도와 규범이 부당하면 그것은 개선되어야 할 과제가 된다. 우리의 어머니, 아버지, 할머니, 할아버지의 희생으로 이룩한 경제성장에서 생기는 세금은 개인의 통제와 규제에 사용되는 것이 아니라, 복지를 구현하고 사회 통합적 비용으로 사용되어야 하며, 관용과 다양성에 기초해 다양한 행위가 자유로운 비판과 토론에 참여하여 문제를 해결하고 책임을 공유하는 열린 사회가 만들어지기를 꿈꾸는 것이 윤발의 바람이었다.

일과등이 꺼지고 취침등이 들어오자 사람들은 자신의 침구 속에서 웅크려 추위를 피하는 것처럼 보였지만 잠을 이루는 사람은 없었다.

낮에 조두순의 출소를 본 사람들은 마음속에 깊이 새겼다. 사회 사람들이 자신들의 출소를 얼마나 싫어하는지, 다들 표현은 하지 않지만 교도소에 남은 자들은 차라리 죽기를 바라며 고통 속에 울부짖게 될 것이다. 기본적으로 윤발은 인간을 움직이는 두 가지 심리적 축을 두려움과 욕망이라고 생각하는 사람이었다.

징역 속의 삶도 자기 인생의 일부였고, 징역이 긴 사람들은 반드시 징역과 긴장이 비례하게 되어 있었다. 누군가 조금만 건드려도 그들은 날카롭게 폭발할 준비를 하고 있었지만 오늘 밤은 그렇지 않았다. 이제 자신의 운명을 남에 손에 맡기는 어리석은 짓을 그만두기로 마음먹은 것이다. 여기저 기서 긴 한숨 소리가 들렸다. 잠을 이루지 못한 사람들의 뒤척임 소리가 들렸다. 한기가 내려앉은 방은 한숨 소리와 뒤척임 소리를 뺀다면 고요해 보였다.

좌파 정부가 탄생하면 교도소도 살기 좋아질 거란 믿음 을 가지고 있던 사람들은 배신감을 느꼈다. 수용자의 인권 개선을 위해 과밀 수용이 어느 정도 완화되면서 환경도 개 선되고, 모범수에게는 가석방의 혜택이 확대될 거라는 믿음 은 사라진 지 오래였다. 시민단체 역시 국민을 위해서 시위 한번 제대로 하지 않고 오랜만에 탄생한 좌파 정부에서 뚝 뚝 떨어지는 꿀을 빨기에 바빠 보였다. 우파 정부였다면 상 상조차 하지 못할, 조지 오웰의 경찰국가 감시국가가 시민단 체들이 꿀을 빨고 있는 사이에 좌파 정부에 의해서 코로나 를 빌미로 완성되어 가고 있었다. 결국 우파나, 좌파나 같은 놈이라는 걸 알게 될 뿐이었다.

윤발은 교도소에 입소하던 날을 떠올려 보았다. 절차는 군 신병교육대 입소와 비슷하다고 느꼈다. 자신이 입고 있던 모든 옷과 소지품을 반납하면 제복과 세면도구를 지급받는다. 다른 점이 있다면 쪼그려 앉은 자세로 항문 속에 다른 물품을 숨기지는 않았는지 확인받는 절차였다. 이 절차가 끝나면 수용자는 정신 줄을 놓게 된다. 사회와 완전하게 격리된 수용자는 그때부터 불안함과 우울함을 감추고 쓰레기를 모아 자신의 영역을 다시 만들며 안정감을 찾으려하지만 일상을 감시받는 수용자는 모아 놓은 쓰레기를 수시로 빼앗기고 또 다른 쓰레기를 모아서 소중하게 간직하게된다. 남이 쓰던 이불, 남이 입던 옷, 아무런 의미 없는 신문 기사나 책들에 의미를 부여하고 그 의미에 따라서 소중하게 간직하다가 마음에 맞는 사람을 만나면 인심 쓰듯 그중 하나를 건네준다. 그럼 쓰레기를 건네받은 사람은 쓰레기에 또 다른 의미를 부여하며 소중하게 간직하게 된다.

『맹자』에는 '정치 지도자는 어진 정치(仁政)를 이루는 데 힘쓸 뿐이다'라는 대목이 나온다. 이는 백성들의 생업(生業)을 보장해 주어서 가족들이 먹고사는 일에 어려움을 느끼지 않게 하라는 뜻이 담겨 있다. 하지만 지금의 현실은 그렇지 못하다. 좋은 직장, 그러니까 안전하고 편안하면서 돈까지 많이 주는 직장은 그들이 섭렵하고 내어 주지 않는다. 그래서 일반 국민의 경우에는 그렇지 못하다. 불안정한 비정규직에 몸담고 불안해하면서 국민들은 한쪽으로 기울어지고 방탕해지며 간혹 간사해지기까지 한다. 그런 이유로 국민들이 죄를 지으면 정치인의 하수인인 정부는 국민을 붙잡아서 가혹한 형벌을 내린다. 이는 국민들을 촘촘한 그물로 가두어 놓고 떠나가지 못하게 하면서 다른 이들에게 본보기로 삼는 것과 다르지 않았다.

이들은 이러한 형태가 오래되면 될수록 자신들의 행위가 정당하다고 느낀다. 결국에는 당연하다고 느끼다가 국민들의 저항을 맞이하게 된다. 옛말에 '하늘은 국민들의 눈을 통해서 보고, 국민들의 귀를 통해서 듣는다'라고 했다. 국민들의 원성이 높아지게 되면 자신들의 자리가 위태로워진다는 사실을 이전 정부를 보고도 깨닫지 못하는 듯했다.

2014년 4월 26일 세월호 참사만 보더라도 국가가 얼마나 나를 지켜 주는가, 정치인들은 공평한가 이런 것을 복합적으로 생각하게 한다. 세월호는 이미 오래전부터 예고된 참사였다. 선령 제한의 해제 등 선주들을 위한 법령이 설치되면서 안전이 후퇴된 상황이었고 선주들은 배 운영비를 절약하기 위해서 전문직을 쓰더라도 그들을 계약직으로 고용했다. 해상 운송 시스템은 대부분 항공 운송 시스템과 정반대다. 피해자는 주로 사회적 신분이 낮고, 선원들의 조직력은 약하며, 선박의 오염 훼손의 영향은 장기간에 걸쳐 나타났다. 결정적 이유는 정치인과 고위급 인사들, 그 가족들은 세월호 같은 화물선을 탈 일이 없기 때문이다.

온 국민을 속이고 거짓 정보로 국정을 운영하던 정부는 세월호라는 화물 여객선의 침몰로 그 실체가 드러나게 되었고, 국정 농단은 국민의 엄중한 질책으로 그 기능을 상실하게 된다. 여기에는 아마도 우리가 알지는 못하지만 어떠한 저력의 힘이 발동하여 더 이상의 독재는 용납하지 않겠다는 단호한 의지의 표현이 나타난 것으로 보였다. 광화문을 뒤덮은 촛불은 정치인의 마음을 돌리게 만들었고 세계가 지켜보는 가운데 국회에서 탄핵을 결심하게 되었다. 헌법재판소의 결정으로 이전 정권은 막을 내리게 된다. 우리 국민은 그전 정권의 거짓도 심판대에 서게 만들었다. 대통령 후보 시절 특정 기업의 실소유주가 자신이 아니란 설명은 재판을 통해서 거짓으로 판명이 나게 되었다. 이런 상황을 지켜보던 좌파 정부는 자신의 이익에 따라서 어떤 합리화된 생각을 하고 있을까 궁금해진다. 이제는 알게 되었다. 국민을 위한 정부는 처음부터 존재하지 않았고, 국민을 다독여 자신이 원하는 방향에 알맞게 이용할 뿐이란 걸.

자신의 직분에 맞는 능력만큼의 권력만 소유하고, 자기에게 주어진 일에서 벗어나지 않고 충실하면서 보이는 가치보다는 숨어 있는 가치를 찾아 더 중시했다면, 또한 남 일에 간섭하며 가르치려 하지 않았다면 우리는 나쁜 일을 저지르지 않게 되었을 것이다. 정치인, 경영인으로 귀결되는 이들은 대대손손 아직 태어나지도 않은 자손까지도 평생 쓰고도 남아서 죽을 때 눈도 제대로 감지 못하고 아까워하면서 고통 속에 몸부림치게 될 것이다. 그것은 우리가 돈을 좇기 때문이고, 그것이 고통을 가져다주었기 때문이다. 행복을 추구하는 일에서부터 고통이 시작된다. 우리를 고통스럽게 하는 경우는 열정이나 수동적인 감정에서 나타난다고 볼 수 있다. 요컨대 열정이나 수동적인 감정은 그것의 원인을 정확하게 간파하기만 한다면 이는 우리를 고통에 머물게 할 수 없을 것이다. 그런 의미에서 본다면 윤발은 가난하다는 말은 너무 적게 가진 사람을 두고 하는 말이 아니라, 더 많은 것을 바라는 사람을 두고 하는 말이라는 생각이 들었다.

윤발은 죽음에 대해서 진지하게 생각해 보았다. 자신이 죽어야 자신의 삶이 완성된다는 것을 사람은 알고 있다. 삶이 완성된다고 해서 운명이 완성되는 건 아니다. 어떤 전쟁 영웅은 일제강점기 때 일본군을 위해서 일하며 승승장구하다가 독립이 되는 걸 보면서 낙심했을 것이다. 그는 자신이 앞으로 매국노가 되어 살아야 하리라 직감했을 것이다. 하지만 독립된 조국은 이념 분쟁에 휩싸였고 6·25 전쟁으로 이어졌다. 그에게 다가온 호기였다. 그래서 그는 대한민국 군인으로 나라를 구한 영웅이 되었고 나이가 들어서 늙어 죽었다. 여기까지 그의 삶이었지만 운명은 아직도 끝나지 않았다. 그의 국립묘지 안장을 두고 시끄럽고 불미스런 일이 끊이지 않았다. 안장 후에 파묘까지 거론되고 있다. 20년 후에, 50년 후에, 100년 후에 그의 운명은 어떻게 변해 있을까? 죽어서도 운명이 바뀌는 인간은 자신이 꼭 죽어야만 하는 이유를 알고 있는 유일한 동물일 것이다. 인간은 세상에 태어나면서 누구나 자신의 육체와 정신을 가지고 태어나게 된다. 하지만 좁고 어두운 긴 터널을 힘들고 어렵게 통과한 기억을 가지고 있는 인간은 없다. 우리가 이 사실을 알게 된 건 누군가로부터 전해 듣거나 누군가의 탄생을 직접이든 간접이든 보아서 알게 된 것이다. 죽음 역시 마찬가지로 생각해 본다면 결코 어렵지 않다. 죽음에 임박해서는 아주 좁고 어두운 긴 통로를 고통스럽게 지나게 되지만, 그 기억은 오래가지 않는다. 다만 죽음을 최후의 위안과 안식으로 여기는 사람이 죽었는데, 죽음이 끝이 아니고 다른 세상이 기다리고 있다면 절망감을 느끼기는 하겠지만 이도 곧 잊게 된다. 윤발은 죽음이 그냥 최후의 안식, 마지막 위안이 됐으면 좋겠다고 생각했다. 육체로부터의 영혼의 해방과 분리, 이것이야말로 죽음(자유)이라고 불리는 이유가 아니겠는가.

윤발은 이제야 어머니가 흐려지는 정신으로 배회하며 찾

던 것이 못난 아들의 인생이었다는 걸 깨닫게 되었다. 생각만으로 숨이 멎을 듯 그리운 그녀가 목숨 바쳐 구하려 했던 것이 그놈 목숨이 아니라 윤발의 운명이었다는 것도 알게 되었다. 어머니와 그녀를 나의 목적이나 수단으로 사용해 버렸다. 내가 나 자신을 어떤 값으로 평가할 수 없는 것과 같이, 이들의 인생을 좌우할 권리도 없었는데 말이다. 나의 무능이 결국에는 여러 사람의 노력을 물거품으로 만들어 버렸구나. 윤발은 좌절하지 않을 수 없었다.

자리에서 일어난 윤발은 창 바깥을 하염없이 바라보았다. 하늘에는 별도 달도 보이지 않았다. 눈에 보이는 것은 오로지 가로등 빛을 환하게 받아 선명하게 보이는, 넓이 6미터의 잔디밭 길뿐이었다. 오늘 밤이 지나면 영혼이나마 저 중정(中庭)을 지나 바깥에 있으면 좋겠다는 생각이 들었다. 내가 동료들에게 해 줄 수 있는 마지막 선택이 이들을 위한 일이라는 것이 점점 더 선명해졌다.

싱크대 수저통에서 숟가락을 갈아 만든 날카로운 칼을 꺼내 들었다. 창문으로 야간 보안등 빛이 환하게 비쳐 희미한 취침등 빛 아래에서 조용히 숟가락을 찾을 수 있었다. 윤발은 천천히 김 사장이 누워 있는 앞쪽을 향해 발걸음을 옮겼다. 김 사장을 내려다본 윤발이 어깨를 으쓱 추어올렸다. 인기척을 느낀 김 사장이 취침 자세를 바르게 고쳐 잡았다. 교도소 수용자들은 누구나 공허한 마음과 버림받았다는 생각으로 외로움을 느끼지만 상처받은 가슴을 숨기듯 묻고 살아간다. 그러면서 자살 충동을 느끼며 어렵고 힘든 시기를 회상한다. "깨끗이 정리해 드릴게요!" 윤발의 다짐이었다.

아침의 고요함 속에서 눈을 뜬 류 사장은 무엇이라고 형언할 수 없는 꺼림칙한 느낌을 받았다. 곧게 누워 목에 큰 상처를 입은 채 죽어 있는 김 사장과 덕삼, 대호, 동원을 발견하게 됐고 화장실에서 고무장갑을 연결해 목을 매달아 죽은 윤발을 발견했다. 방 사람들은 가끔씩 윤발을 어둡고 불가사의하게 느끼기도 했는데 이유를 알지 못했다. 류 사장은 이제서야 사람들이 윤발을 왜 어려워했는지 조금은 이해가 되었다. 류 사장은 비상벨을 눌렀다. 류 사장은 아무리 벨을 눌러도 오지 않는 직원을 기다리며 이들의 죽음 앞에서 잠시 생각에 잠기게 되었다.

'이들을 이렇게 떠나보내도 되는 것인가?' 일말의 죄책감이 몰려들었다. 멀리서 감시자의 역할을 다하지 못한 까마귀 떼의 발걸음 소리가 들렸다.

류 사장은 평소에 윤발이 떠들어대던 개똥철학 같은 말들이 생각났다. "대한민국은 민주공화국이다." 헌법 제1조1항이다. 대한민국의 정체성을 표현한 말이다. 민주공화국이란 말에 담긴 의미는, 대한민국을 지탱하는 두 이념이 민주주의와 공화주의라는 데 있다. 민주주의는 '인민의 지배'를 뜻한다. 그렇다면 공화주의가 의미하는 바는 무엇일까. 헌법 제1조1항에는 '공화'라는 말이 같이 나온다. 다수와 소수가 견제·균형을 통해서 모두가 주인이 되는 공동체를 의미한건 아닐까 생각한다. 신자유주의가 부른 공공성의 위기, 포퓰리즘의 위협은 코로나 이후 개인·공동체 관계에서처럼 공화주의가 갈등 해결 처방을 제시한다. 이를 통해 민주주의는 더 공고화될 수 있을 것이다. 이러한 공화주의는 법과 공공성에 기반을 둔 주권자인 국민들이 그 나라의 주인이 되는 공동체를 의미한다 할 수 있겠다. 시민사회조직은(CSO) 협치, 공치로 번역되기도 한다. 통치에 상대되는 개념으로서 사회문제의 해결을 정부가 권위적으로 하는 것이 아니라, 각종 시민참여단체가 공동으로 행하는 방식을 말한다. 이는 새로운 국정 운영 체제이고, 국가, 지방에 이르기까지 다양한 차원의 범위를 포함하고 있을 것이다.

하지만 몇몇 특정 단체는 정치권과 결탁해서 그들 주변에서 뚝뚝 떨어지는 꿀을 빨아먹으며 그들이 원하는 방향으로 정치 방향을 제시하면서 대다수 국민의 표현이라고 포장해 주고 있다. 쉽게 말하자면 기업에는 노동자를 대변해 주는 노조가 있어야 하지만 기업을 대변해 주는 어영 노조가 있고, 시민사회 조직은 국민의 목소리를 대변해 주어야 하지만 정치권을 대변해 주는 어영 시민사회 조직이 존재하고 있다는 것이다.

우리 사회와의 약속을 저버리고 한순간의 실수 또는 잘못된 생각으로 사회와 격리된 채 오랜 기간 동안 후회와 반성의 시간을 가진 사람들을 우리 사회가 받아 주지 않는다면 이들의 갈 곳은 어디에 있을까, 윤발은 오지랖 넓게도 별의

별 생각을 많이 하던 인물이었다.

이들의 주검을 바라보는 류 사장의 시선에 아주 잠깐이지만 안타까움이 스며들었다.

고충처리 조사관실

조사관이라는 명판이 붙은 책상 앞에 류 사장이 앉아서 불안한 기색을 감추지 못하고 있다. 교위(무궁화 1개) 계급장을 달고 있는 교도관이 1회용 종이컵에 믹스커피를 타서 류 사장에게 건네주었다. 그는 류 사장에게 긴장하지 말라고 말하고 있지만 그 역시 긴장한 모습이 역력해 보였다. 7년 만에 잡아 보는 종이컵에서 따뜻한 온기가 양 손바닥으로 전해졌다. 불안한 마음은 여전했지만, 두근대던 심장은 조금씩 잦아들었다.

"이곳은 고충처리 영상녹화 진술실입니다." 교도관이 짧게 이야기했고, 류 사장이 알아들었다는 표현으로 고개를 끄덕였다. "지금 이 자리는 고충을 듣는 자리이고 음성을 비롯한 모든 행동은 영상으로 녹화됩니다." 류 사장은 다시 한번 고개를 끄덕여 알아들었다는 표현을 해 주었다.

아마도 참고인이나 피의자 조서를 작성하기 전에 전반적인 사항들을 알아보기 위한 사전 조사 성격이 있는 듯했다. "사선 변호사를 선임하고 싶습니다." 교도관을 향한 류 사장의 첫 마디였다. 교도관이 당황하는 모습을 보였다. "아, 그러세요! 저에게는 아무 말씀도 하지 않으셔도 됩니다. 사건에 대한 조사는 현장 조사를 마치고 돌아오는 조사관들이 따로 미란다 원칙 고지를 시작으로 하게 되니까요…. 그럼 첫 번째 고충은 사선 변호사 선임으로 알고 진행하도록 하겠습니다." 노트에 '사선 변호사 선임을 원함'이라고 적은 교도관이 류 사장을 빤히 쳐다보면서 더 할 말이 있는지 눈으로 묻고 있다.

답답했다. 하고 싶은 말은 많지만 괜한 이야기를 했다는 후회를 하고 싶지 않았기 때문이다. 침묵은 금보다 귀하다는 말을 징역을 살면서 몸소 깨우치지 않았다면 아마도 주저리주저리 떠들고 있을지도 모르는 일이었다.

어릴 적부터 친한 친구였던 영훈과는 각각 대학에 가면서 소식이 끊겼다. 세월이 한참 흐른 후에 연락을 받고 다시 만난 친구는 자신을 두타라고 소개했다. 파릇하게 깎은 머리에 회색 옷을 입은 친구는 종단의 허락을 받아 갈 곳 없는 아이들을 모아 같이 사는 시설을 지었다고 했다. 그리고는 아무 말도 없이 김이 모락모락 올라오는 찻잔만을 물끄러미 바라봤다. "3천만 원이면 돼?"라는 물음에 두타는 계좌번호가 적힌 종이쪽지를 테이블에 남기고 자리를 떠나 버렸다. 계좌에 3억을 입금했다. 두타가 아니라 친구 영훈에게 연락이 왔다. 아이들과 작은 공연을 준비했으니 참관해 주면 고맙겠다고 했다. 공연은 오직 류 사장만을 위한 것이었다. 류 사장을 보고 수줍어하고 두타 다리 뒤로 숨던 아이들이 만남의 횟수가 잦아지자 류 사장을 보고는 달려와 안기며 밝은 미소를 보여 주었다. 아이들은 만 18세가 되면 시설을 떠났다. 새로운 아이들이 빈자리를 찾아 들어왔다. 국고 보조금을 한 푼도 쓰지 않은 두타는 아이들이 시설을 떠날 때마다 자신들 앞으로 나온 국고 보조금 통장을 건네주었다. 적지만 삶의 밑천이라면서….

  농수산물 도매 시장에서 야채상회를 운영하는 류 사장 가게에서는 가끔 시설에서 퇴소한 아이들이 아르바이트를 하는 경우가 있는데, 그중 한 명이 끔찍한 범죄를 당했다는 사실을 시장을 오고 가는 화물트럭 기사를 통해 전해 듣게 되었다. 교정시설에 가해자랑 같은 방에 있게 됐는데 그때 자랑삼아 이야기하는 걸 들었다고 했다. 류 사장은 그 말이 믿어지지 않았다. 그런 걸 자랑하는 사람이 진짜로 있다는 것이나, 그런 말을 듣고 전해 주는 사람의 정신 상태가 의심스러웠다. 시설 설립 이후 퇴소한 아이들은 10여 명쯤 되었다. 그중 5명이 끔찍한 범죄로 죽거나 심각한 상해를 입었다는 사실을 알게 되었다. 류 사장은 복수하고 싶어졌다. 그래서 그들을 방송통신대학교가 있는 교도소로 불러들였다. 수용자를 통해 부추기기도 하였고 교정청 직원이나 현장 직원들에게 뇌물을 주고 추천 형식으로 일을 처리하기도 하였다. 이들을 같은 방에 모아 놓고 관찰하기 시작했다. 나를 숨긴 채 마을금고 임원으로 행동했다. 배추 장사

꾼보다는 마을금고 임원이 행동하기에 편해 보였기 때문이었다. 눈치가 빠른 윤발이 의심의 눈초리를 보내기는 했지만 자기에게 직접적인 손해만 없다면 크게 개의치 않는다는 표정이었다.

이들과 같은 방에서 생활하면서 윤발과 많은 말을 주고받았다. 그러면서 느끼게 된 것은, 강력 범죄는 가해자도 피해자도 모두가 사회에서 소외된 사람들이라는 사실을 알게 되었다. 돈 있는 사람들, 사회에서 주류를 이루고 있는 사람들은 강력 범죄 피해도 가해도 당하지 않는다. 그런데 법을 움직이는 사람들은 그런 주류들이었다. 당사자들의 환경을 감안하지 않은 법 집행, 법 개정은 잔인할 정도로 가혹했고 결국 이들에게 법의 울타리는 곧 처벌을 의미하는 것이었다.

생각에 잠겨 있던 류 사장이 고개를 들어 조사관을 향해 입을 열었다. "주임님, 그들은 자살한 것이 아니라 사회와 국가로부터 자살을 압박받고 자살당한 것입니다." 그리고 나서는 한참 동안 말없이 무엇인가를 생각하던 류 사장은 윤발과 대호의 아이들이 자신이 지원하는 시설에서 두타의 보호를 받으며 있다는 사실을 알려 주지 않은 걸 깨닫고는 아이들이 피해자도 가해자도 되지 않도록 사회가 바뀌지 않으니 자신이 좀 더 노력해야 한다고 다짐했다.